呐 喊

鲁 迅————著

中国青年出版社

目 录

自　序 —— 001
狂人日记 —— 007
孔乙己 —— 018
药 —— 023
明　天 —— 032
一件小事 —— 039
头发的故事 —— 042
风　波 —— 048
故　乡 —— 056
阿Q正传 —— 066
端午节 —— 107
白　光 —— 115
兔和猫 —— 121
鸭的喜剧 —— 126
社　戏 —— 130

自　序

　　我在年青时候也曾经做过许多梦,后来大半忘却了,但自己也并不以为可惜。所谓回忆者,虽说可以使人欢欣,有时也不免使人寂寞,使精神的丝缕还牵着已逝的寂寞的时光,又有什么意味呢,而我偏苦于不能全忘却,这不能全忘的一部分,到现在便成了《呐喊》的来由。

　　我有四年多,曾经常常,——几乎是每天,出入于质铺和药店里,年纪可是忘却了,总之是药店的柜台正和我一样高,质铺的是比我高一倍,我从一倍高的柜台外送上衣服或首饰去,在侮蔑里接了钱,再到一样高的柜台上给我久病的父亲去买药。回家之后,又须忙别的事了,因为开方的医生是最有名的,以此所用的药引也奇特:冬天的芦根,经霜三年的甘蔗,蟋蟀要原对的,结子的平地木,……多不是容易办到的东西。然而我的父亲终于日重一日的亡故了。

　　有谁从小康人家而坠入困顿的么,我以为在这途路中,大概可以看见世人的真面目;我要到N进K学堂去了[1],仿佛是想走异路,逃异地,去寻求别样的人们。我的母亲没有法,办了八元的川资,说是由我的自便;然而伊哭了,这正是情理中的事,因为那时读书应试是正路,所谓学洋务,社会上便以为是一种走投无路的人,只得将灵魂卖给鬼子,要加倍的奚落而且排斥的,而况伊又看不见自己的儿子了。然而我也顾不得这些事,终于到N去进了K学堂了,在这学堂里,我才知道世上还有所谓格致、算学、地理、历史、绘图和体操。生理学并不教,但我们却看到些木版的《全体新论》和《化学卫生论》[2]之类了。我还记得先前的医生的议论和方药,和现在所知道的比较起来,便渐渐的悟得中医不过是一种有意的或无意的骗子,同时又很起了对于被骗的病人和他的家族的同情;而且从译出的历史上,又知道了日本维新[3]是大半发端于西方医学的事实。

因为这些幼稚的知识,后来便使我的学籍列在日本一个乡间的医学专门学校里了。我的梦很美满,预备卒业回来,救治像我父亲似的被误的病人的疾苦,战争时候便去当军医,一面又促进了国人对于维新的信仰。我已不知道教授微生物学的方法,现在又有了怎样的进步了,总之那时是用了电影,来显示微生物的形状的,因此有时讲义的一段落已完,而时间还没有到,教师便映些风景或时事的画片给学生看,以用去这多余的光阴。其时正当日俄战争的时候,关于战事的画片自

---

1 N指南京,K学堂指江南水师学堂。作者于1898年到南京江南水师学堂肄业,第二年改入江南陆师学堂附设的矿务铁路学堂,1902年毕业后即由清政府派赴日本留学,1904年进仙台的医学专门学校,1906年中止学医,回东京准备从事文艺运动。
2 《全体新论》,英国合信著,一本生理学的书。《化学卫生论》,一本关于营养学的书。
3 日本维新指发生于日本明治年间(1868—1912)的维新运动。

然也就比较的多了，我在这一个讲堂中，便须常常随喜我那同学们的拍手和喝采。有一回，我竟在画片上忽然会见我久违的许多中国人了，一个绑在中间，许多站在左右，一样是强壮的体格，而显出麻木的神情。据解说，则绑着的是替俄国做了军事上的侦探，正要被日军砍下头颅来示众，而围着的便是来赏鉴这示众的盛举的人们。

这一学年没有完毕，我已经到了东京了，因为从那一回以后，我便觉得医学并非一件紧要事，凡是愚弱的国民，即使体格如何健全，如何茁壮，也只能做毫无意义的示众的材料和看客，病死多少是不必以为不幸的。所以我们的第一要著，是在改变他们的精神，而善于改变精神的是，我那时以为当然要推文艺，于是想提倡文艺运动了。在东京的留学生很有学法政理化以至警察工业的，但没有人治文学和美术；可是在冷淡的空气中，也幸而寻到几个同志了[1]，此外又邀集了必须的几个人，商量之后，第一步当然是出杂志，名目是取"新的生命"的意思，因为我们那时大抵带些复古的倾向，所以只谓之《新生》。

《新生》的出版之期接近了，但最先就隐去了若干担当文字的人，接着又逃走了资本，结果只剩下不名一钱的三个人。创始时候既已背时，失败时候当然无可告语，而其后却连这三个人也都为各自的运命所驱策，不能在一处纵谈将来的好梦了，这就是我们的并未产生的《新生》的结局。

我感到未尝经验的无聊，是自此以后的事。我当初是不知其所以然的；后来想，凡有一人的主张，得了赞和，是促其前进的，得了反对，是促其奋斗的，独有叫喊于生人中，而生人并无反应，既非赞同，也无反对，如置身毫无边际的荒原，无可措手的了，这是怎样的悲哀呵，我

---

1 指许寿裳、袁文薮、周作人等。

于是以我所感到者为寂寞。

这寂寞又一天一天的长大起来，如大毒蛇，缠住了我的灵魂了。

然而我虽然自有无端的悲哀，却也并不愤懑，因为这经验使我反省，看见自己了：就是我决不是一个振臂一呼应者云集的英雄。

只是我自己的寂寞是不可不驱除的，因为这于我太痛苦。我于是用了种种法，来麻醉自己的灵魂，使我沉入于国民中，使我回到古代去，后来也亲历或旁观过几样更寂寞更悲哀的事，都为我所不愿追怀，甘心使他们和我的脑一同消灭在泥土里的，但我的麻醉法却也似乎已经奏了功，再没有青年时候的慷慨激昂的意思了。

S会馆[1]里有三间屋，相传是往昔曾在院子里的槐树上缢死过一个女人的，现在槐树已经高不可攀了，而这屋还没有人住；许多年，我便寓在这屋里钞古碑[2]。客中少有人来，古碑中也遇不到什么问题和主义，而我的生命却居然暗暗的消去了，这也就是我惟一的愿望。夏夜，蚊子多了，便摇着蒲扇坐在槐树下，从密叶缝里看那一点一点的青天，晚出的槐蚕又每每冰冷的落在头颈上。

那时偶或来谈的是一个老朋友金心异[3]，将手提的大皮夹放在破桌上，脱下长衫，对面坐下了，因为怕狗，似乎心房还在怦怦的跳动。

---

1 S会馆指设在北京宣武门外南半截胡同的绍兴会馆。作者于1912年5月至1919年11月曾在这里居住。

2 鲁迅寓居绍兴会馆时，常于公余（当时他在教育部工作）收集和研究中国古代的造像及墓志等金石拓本，后来辑成《六朝造像目录》和《六朝墓志目录》两种（后者未完成）。

3 金心异指钱玄同，当时《新青年》的编者之一。1913年3月，复古派文人林纾曾写过一篇笔记体小说《荆生》，痛骂"文化革命"的提倡者，其中有一个人物叫"金心异"，即影射钱玄同。

"你钞了这些有什么用？"有一夜，他翻着我那古碑的钞本，发了研究的质问了。

"没有什么用。"

"那么，你钞他是什么意思呢？"

"没有什么意思。"

"我想，你可以做点文章……"

我懂得他的意思了，他们正办《新青年》[1]，然而那时仿佛不特没有人来赞同，并且也还没有人来反对，我想，他们许是感到寂寞了，但是说：

"假如一间铁屋子，是绝无窗户而万难破毁的，里面有许多熟睡的人们，不久都要闷死了，然而是从昏睡入死灭，并不感到就死的悲哀。现在你大嚷起来，惊起了较为清醒的几个人，使这不幸的少数者来受无可挽救的临终的苦楚，你倒以为对得起他们么？"

"然而几个人既然起来，你不能说决没有毁坏这铁屋的希望。"

是的，我虽然自有我的确信，然而说到希望，却是不能抹杀的，因为希望是在于将来，决不能以我之必无的证明，来折服了他之所谓可有，于是我终于答应他也做文章了，这便是最初的一篇《狂人日记》。从此以后，便一发而不可收，每写些小说模样的文章，以敷衍朋友们的嘱托，积久了就有了十余篇。

在我自己，本以为现在是已经并非一个切迫而不能已于言的人了，但或者也还未能忘怀于当日自己的寂寞的悲哀罢，所以有时候仍不免呐喊几声，聊以慰藉那在寂寞里奔驰的猛士，使他不惮于前驱。至于我的

---

[1] 《新青年》是五四时期倡导新文化运动的重要刊物。

喊声是勇猛或是悲哀,是可憎或是可笑,那倒是不暇顾及的;但既然是呐喊,则当然须听将令的了,所以我往往不恤用了曲笔,在《药》的瑜儿的坟上平空添上一个花环,在《明天》里也不叙单四嫂子竟没有做到看见儿子的梦,因为那时的主将是不主张消极的。至于自己,却也并不愿将自以为苦的寂寞,再来传染给也如我那年青时候似的正做着好梦的青年。

这样说来,我的小说和艺术的距离之远,也就可想而知了,然而到今日还能蒙着小说的名,甚而至于且有成集的机会,无论如何总不能不说是一件侥幸的事,但侥幸虽使我不安于心,而悬揣人间暂时还有读者,则究竟也仍然是高兴的。

所以我竟将我的短篇小说结集起来,而且付印了,又因为上面所说的缘由,便称之为《呐喊》。

一九二二年十二月三日,鲁迅记于北京

狂人日记[1]

某君昆仲，今隐其名，皆余昔日在中学校时良友；分隔多年，消息渐阙。日前偶闻其一大病；适归故乡，迂道往访，则仅晤一人，言病者其弟也。劳君远道来视，然已早愈，赴某地候补[2]矣。因大笑，出示日记二册，谓可见当日病状，不妨献诸旧友。持归阅一过，知所患盖"迫害狂"之类。语颇错杂无伦次，又多荒唐之言；亦不著月日，惟墨色字体不一，知非一时所书。间亦有略具联络者，今撮录一篇，以供医家研究。记中语误，一字不易；惟人名虽皆村人，不为世间所知，无关大体，然亦悉易去。至于书名，则本人愈后所题，不复改也。七年四月二日识。

---

[1] 本篇最初发表于一九一八年五月《新青年》第四卷第五号。作者首次采用了"鲁迅"这一笔名。作者除在本书《自序》中提及它产生的缘由外，又在《〈中国新文学大系〉小说二集序》中指出它"意在暴露家族制度和礼教的弊害"。

[2] 候补：清代官制，通过科举或捐纳等途径取得官衔，但没有实际职务的中下级官员，由吏部抽签分发到某部或某省，听候委用。

一

今天晚上，很好的月光。

我不见他，已是三十多年；今天见了，精神分外爽快。才知道以前的三十多年，全是发昏；然而须十分小心。不然，那赵家的狗，何以看我两眼呢？

我怕得有理。

二

今天全没月光，我知道不妙。早上小心出门，赵贵翁的眼色便怪：似乎怕我，似乎想害我。还有七八个人，交头接耳的议论我，张着嘴，对我笑了一笑；我便从头直冷到脚跟，晓得他们布置，都已妥当了。

我可不怕，仍旧走我的路。前面一伙小孩子，也在那里议论我；眼色也同赵贵翁一样，脸色也铁青。我想我同小孩子有什么仇，他也这样。忍不住大声说，"你告诉我！"他们可就跑了。

我想：我同赵贵翁有什么仇，同路上的人又有什么仇；只有廿年以前，把古久先生的陈年流水簿子，踹了一脚，古久先生很不高兴。赵贵翁虽然不认识他，一定也听到风声，代抱不平；约定路上的人，同我作冤对。但是小孩子呢？那时候，他们还没有出世，何以今天也睁着怪眼睛，似乎怕我，似乎想害我。这真教我怕，教我纳罕而且伤心。

我明白了。这是他们娘老子教的！

三

晚上总是睡不着。凡事须得研究，才会明白。

他们——也有给知县打枷过的，也有给绅士掌过嘴的，也有衙役占了他妻子的，也有老子娘被债主逼死的；他们那时候的脸色，全没有昨天这么怕，也没有这么凶。

最奇怪的是昨天街上的那个女人，打他儿子，嘴里说道，"老子呀！我要咬你几口才出气！"她眼睛却看着我。我出了一惊，遮掩不住；那青面獠牙的一伙人，便都哄笑起来。陈老五赶上前，硬把我拖回家中了。

拖我回家，家里的人都装作不认识我；他们的脸色，也全同别人一样。进了书房，便反扣上门，宛然是关了一只鸡鸭。这一件事，越教我猜不出底细。

前几天，狼子村的佃户来告荒，对我大哥说，他们村里的一个大恶人，给大家打死了；几个人便挖出他的心肝来，用油煎炒了吃，可以壮壮胆子。我插了一句嘴，佃户和大哥便都看我几眼。今天才晓得他们的眼光，全同外面的那伙人一模一样。

想起来，我从顶上直冷到脚跟。

他们会吃人，就未必不会吃我。

你看那女人"咬你几口"的话，和一伙青面獠牙人的笑，和前天佃户的话，明明是暗号。我看出他话中全是毒，笑中全是刀。他们的牙齿，全是白厉厉的排着，这就是吃人的家伙。

照我自己想，虽然不是恶人，自从踹了古家的簿子，可就难说了。他们似乎别有心思，我全猜不出。况且他们一翻脸，便说人是恶人。我还记得大哥教我做论,无论怎样好人,翻他几句,他便打上几个圈;原谅坏人几句,他便说"翻天妙手,与众不同"。我哪里猜得到他们的心思,究竟怎样;况且是要吃的时候。

凡事总须研究,才会明白。古来时常吃人,我也还记得,可是不甚清楚。我翻开历史一查,这历史没有年代,歪歪斜斜的每叶[1]上都写着"仁义道德"几个字。我横竖睡不着,仔细看了半夜,才从字缝里看出字来,满本都写着两个字是"吃人"!

书上写着这许多字,佃户说了这许多话,却都笑吟吟的睁着怪眼看我。

我也是人,他们想要吃我了!

四

早上,我静坐了一会儿。陈老五送进饭来,一碗菜,一碗蒸鱼;这鱼的眼睛,白而且硬,张着嘴,同那一伙想吃人的人一样。吃了几筷,滑溜溜的不知是鱼是人,便把他兜肚连肠的吐出。

我说"老五,对大哥说,我闷得慌,想到园里走走。"老五不答应,走了;停一会,可就来开了门。

我也不动,研究他们如何摆布我;知道他们一定不肯放松。果然!我大哥引了一个老头子,慢慢走来;他满眼凶光,怕我看出,只是低头向着地,从眼镜横边暗暗看我。大哥说,"今天你仿佛很好。"我说"是的。"大哥说,"今天请何先生来,给你诊一诊。"我说"可以!"其实我岂不知道这老头子是刽子手扮的!无非借了看脉这名目,揣一揣肥瘠:因这功劳,

---

[1] 叶,旧同"页"。

也分一片肉吃。我也不怕；虽然不吃人，胆子却比他们还壮。伸出两个拳头，看他如何下手。老头子坐着，闭了眼睛，摸了好一会，呆了好一会；便张开他鬼眼睛说，"不要乱想。静静的养几天，就好了。"

不要乱想，静静的养！养肥了，他们是自然可以多吃；我有什么好处，怎么会"好了"？他们这群人，又想吃人，又是鬼鬼祟祟，想法子遮掩，不敢直捷下手，真要令我笑死。我忍不住，便放声大笑起来，十分快活。自己晓得这笑声里面，有的是义勇和正气。老头子和大哥，都失了色，被我这勇气正气镇压住了。

但是我有勇气，他们便越想吃我，沾光一点这勇气。老头子跨出门，走不多远，便低声对大哥说道，"赶紧吃罢！"大哥点点头。原来也有你！这一件大发见，虽似意外，也在意中：合伙吃我的人，便是我的哥哥！

吃人的是我哥哥！

我是吃人的人的兄弟！

我自己被人吃了，可仍然是吃人的人的兄弟！

五

这几天是退一步想：假使那老头子不是刽子手扮的，真是医生，也仍然是吃人的人。他们的祖师李时珍做的"本草什么"[1]上，明明写着人肉可以煎吃；他还能说自己不吃人么？

至于我家大哥，也毫不冤枉他。他对我讲书的时候，亲口说过可

---

1 "本草什么"：指《本草纲目》，明代医学家李时珍（1518—1593）的药物学著作，共五十二卷。该书曾经提到唐代陈藏器《本草拾遗》中以人肉医治痨病的记载，并表示了异议。这里说李时珍的书"明明写着人肉可以煎吃"，当是"狂人"的"记中语误"。

以"易子而食"[1];又一回偶然议论起一个不好的人,他便说不但该杀,还当"食肉寝皮"[2]。我那时年纪还小,心跳了好半天。前天狼子村佃户来说吃心肝的事,他也毫不奇怪,不住的点头。可见心思是同从前一样狠。既然可以"易子而食",便什么都易得,什么人都吃得。我从前单听他讲道理,也胡涂过去;现在晓得他讲道理的时候,不但唇边还抹着人油,而且心里满装着吃人的意思。

六

黑漆漆的,不知是日是夜。赵家的狗又叫起来了。

狮子似的凶心,兔子的怯弱,狐狸的狡猾,……

七

我晓得他们的方法,直捷杀了,是不肯的,而且也不敢,怕有祸祟。所以他们大家连络[3],布满了罗网,逼我自戕。试看前几天街上男女的样子,和这几天我大哥的作为,便足可悟出八九分了。最好是解下腰带,挂在梁上,自己紧紧勒死;他们没有杀人的罪名,又偿了心愿,自然都欢天喜地的发出一种呜呜咽咽的笑声。否则惊吓忧愁死了,虽则略瘦,也还可以首肯几下。

---

1 语见《左传·宣公十五年》:"敝邑易子而食,析骸而爨。"
2 语出《左传·襄公二十一年》:"臣为隶新,然二子者,譬于禽兽,臣食其肉,而寝处其皮矣。"
3 参见清曹雪芹《红楼梦·第四回》:四家皆连络有亲,一损俱损,一荣俱荣。

他们是只会吃死肉的！——记得什么书上说，有一种东西，叫"海乙那"[1]的，眼光和样子都很难看；时常吃死肉，连极大的骨头，都细细嚼烂，咽下肚子去，想起来也教人害怕。"海乙那"是狼的亲眷，狼是狗的本家。前天赵家的狗，看我几眼，可见他也同谋，早已接洽。老头子眼看着地，岂能瞒得我过。

最可怜的是我的大哥，他也是人，何以毫不害怕；而且合伙吃我呢？还是历来惯了，不以为非呢？还是丧了良心，明知故犯呢？

我诅咒吃人的人，先从他起头；要劝转吃人的人，也先从他下手。

八

其实这种道理，到了现在，他们也该早已懂得，……

忽然来了一个人；年纪不过二十左右，相貌是不很看得清楚，满面笑容，对了我点头，他的笑也不像真笑。我便问他，"吃人的事，对么？"他仍然笑着说，"不是荒年，怎么会吃人。"我立刻就晓得，他也是一伙，喜欢吃人的；便自勇气百倍，偏要问他。

"对么？"

"这等事问他什么。你真会……说笑话。……今天天气很好。"

天气是好，月色也很亮了。可是我要问你，"对么？"

他不以为然了。含含胡胡的答道，"不……"

"不对？他们何以竟吃？！"

"没有的事……"

---

1 海乙那：英语 hyena 的音译，即鬣狗（又名土狼），一种食肉兽。

"没有的事?狼子村现吃;还有书上都写着,通红斩新!"

他便变了脸,铁一般青。睁着眼说,"有许有的,这是从来如此……"

"从来如此,便对么?"

"我不同你讲这些道理;总之你不该说,你说便是你错!"

我直跳起来,张开眼,这人便不见了。全身出了一大片汗。他的年纪,比我大哥小得远,居然也是一伙;这一定是他娘老子先教的。还怕已经教给他儿子了;所以连小孩子,也都恶狠狠的看我。

九

自己想吃人,又怕被别人吃了,都用着疑心极深的眼光,面面相觑。……

去了这心思,放心做事走路吃饭睡觉,何等舒服。这只是一条门槛,一个关头。他们可是父子兄弟夫妇朋友师生仇敌和各不相识的人,都结成一伙,互相劝勉,互相牵掣[1],死也不肯跨过这一步。

十

大清早,去寻我大哥;他立在堂门外看天,我便走到他背后,拦住门,格外沉静,格外和气的对他说,"大哥,我有话告诉你。"

"你说就是,"他赶紧回过脸来,点点头。

"我只有几句话,可是说不出来。大哥,大约当初野蛮的人,都吃过一点人。后来因为心思不同,有的不吃人了,一味要好,便变了人,

---

1 见于《孔子家语·五刑解》。

变了真的人。有的却还吃,——也同虫子一样,有的变了鱼鸟猴子,一直变到人。有的不要好,至今还是虫子。这吃人的人比不吃人的人,何等惭愧。怕比虫子的惭愧猴子,还差得很远很远。

"易牙[1]蒸了他儿子,给桀纣吃,还是一直从前的事。谁晓得从盘古开辟天地以后,一直吃到易牙的儿子;从易牙的儿子,一直吃到徐锡林[2];从徐锡林,又一直吃到狼子村捉住的人。去年城里杀了犯人,还有一个生痨病的人,用馒头蘸血舔。

"他们要吃我,你一个人,原也无法可想;然而又何必去入伙。吃人的人,什么事做不出;他们会吃我,也会吃你,一伙里面,也会自吃。但只要转一步,只要立刻改了,也就是人人太平。虽然从来如此,我们今天也可以格外要好,说是不能!大哥,我相信你能说,前天佃户要减租,你说过不能。"

当初,他还只是冷笑,随后眼光便凶狠起来,一到说破他们的隐情,那就满脸都变成青色了。大门外立着一伙人,赵贵翁和他的狗,也在里面,都探头探脑的挨进来。有的是看不出面貌,似乎用布蒙着;有的是仍旧青面獠牙,抿着嘴笑。我认识他们是一伙,都是吃人的人。可是也晓得他们心思很不一样,一种是以为从来如此,应该吃的;一种是知道不该吃,可是仍然要吃,又怕别人说破他,所以听了我的话,越发气愤不过,可是抿着嘴冷笑。

---

1 易牙:春秋时齐国人,善于调味。据《管子·小称》:"夫易牙以调和事公,公曰'惟蒸婴儿之未尝',于是蒸其首子而献之公。"桀、纣为我国夏朝和商朝的最后一代君主,易牙和他们不是同时代人。这里说的也是"狂人""语颇错杂无伦次"的表现。
2 徐锡林指徐锡麟(1873—1907),字伯荪,浙江绍兴人,清末革命团体光复会的重要成员。其在起义失败后,心肝被清军挖出炒食。

这时候，大哥也忽然显出凶相，高声喝道，"都出去！疯子有什么好看！"

这时候，我又懂得一件他们的巧妙了。他们岂但不肯改，而且早已布置；预备下一个疯子的名目罩上我。将来吃了，不但太平无事，怕还会有人见情。佃户说的大家吃了一个恶人，正是这方法。这是他们的老谱！

陈老五也气愤愤的直走进来。如何按得住我的口，我偏要对这伙人说，

"你们可以改了，从真心改起！要晓得将来容不得吃人的人，活在世上。

"你们要不改，自己也会吃尽。即使生得多，也会给真的人除灭了，同猎人打完狼子一样！——同虫子一样！"

那一伙人，都被陈老五赶走了。大哥也不知哪里去了。陈老五劝我回屋子里去。屋里面全是黑沉沉的。横梁和椽子都在头上发抖；抖了一会，就大起来，堆在我身上。

万分沉重，动弹不得；他的意思是要我死。我晓得他的沉重是假的，便挣扎出来，出了一身汗。可是偏要说，

"你们立刻改了，从真心改起！你们要晓得将来是容不得吃人的人，……"

十一

太阳也不出，门也不开，日日是两顿饭。

我捏起筷子，便想起我大哥；晓得妹子死掉的缘故，也全在他。那时我妹子才五岁，可爱可怜的样子，还在眼前。母亲哭个不住，他却劝母亲不要哭；大约因为自己吃了，哭起来不免有点过意不去。如果还能

过意不去,……

妹子是被大哥吃了,母亲知道没有,我可不得而知。

母亲想也知道;不过哭的时候,却并没有说明,大约也以为应当的了。记得我四五岁时,坐在堂前乘凉,大哥说爷娘生病,做儿子的须割下一片肉来,煮熟了请他吃,[1]才算好人;母亲也没有说不行。一片吃得,整个的自然也吃得。但是那天的哭法,现在想起来,实在还教人伤心,这真是奇极的事!

十二

不能想了。

四千年来时时吃人的地方,今天才明白,我也在其中混了多年;大哥正管着家务,妹子恰恰死了,他未必不和在饭菜里,暗暗给我们吃。

我未必无意之中,不吃了我妹子的几片肉,现在也轮到我自己,……

有了四千年吃人履历的我,当初虽然不知道,现在明白,难见真的人!

十三

没有吃过人的孩子,或者还有?

救救孩子……

一九一八年四月

---

1 指"割股疗亲",即割取自己的股肉煎药,以医治父母的重病。

孔乙己[1]

鲁镇的酒店的格局,是和别处不同的:都是当街一个曲尺形的大柜台,柜里面预备着热水,可以随时温酒。做工的人,傍午傍晚散了工,每每花四文铜钱,买一碗酒,——这是二十多年前的事,现在每碗要涨到十文,——靠柜外站着,热热的喝了休息;倘肯多花一文,便可以买一碟盐煮笋,或者茴香豆,做下酒物了,如果出到十几文,那就能买一样荤菜,但这些顾客,多是短衣帮,大抵没有这样阔绰。只有穿长衫的,才踱进店面隔壁的房子里,要酒要菜,慢慢地坐喝。

我从十二岁起,便在镇口的咸亨酒店里当伙计,掌柜说,样子太傻,怕侍候不了长衫主顾,就在外面做点事罢。外面的短衣主顾,虽然容易说话,但唠唠叨叨缠夹不清的也很不少。他们往往要亲眼看着黄酒从坛子里舀出,看过壶子底里有水没有,又亲看将壶子放在热水里,然后放心:在这严重监督下,羼水也很为难。所以过了几天,掌柜又说我干不了这事。幸亏荐头的情面大,辞退不得,便改为专管温酒的一种无聊职务了。

---

[1] 本篇最初发表于一九一九年四月《新青年》第六卷第四号。

我从此便整天的站在柜台里，专管我的职务。虽然没有什么失职，但总觉得有些单调，有些无聊。掌柜是一副凶脸孔，主顾也没有好声气，教人活泼不得；只有孔乙己到店，才可以笑几声，所以至今还记得。

孔乙己是站着喝酒而穿长衫的唯一的人。他身材很高大；青白脸色，皱纹间时常夹些伤痕；一部乱蓬蓬的花白的胡子。穿的虽然是长衫，可是又脏又破，似乎十多年没有补，也没有洗。他对人说话，总是满口之乎者也，教人半懂不懂的。因为他姓孔，别人便从描红纸[1]上的"上大人孔乙己"这半懂不懂的话里，替他取下一个绰号，叫作孔乙己。孔乙己一到店，所有喝酒的人便都看着他笑，有的叫道，"孔乙己，你脸上又添上新伤疤了！"他不回答，对柜里说，"温两碗酒，要一碟茴香豆。"便排出九文大钱。他们又故意的高声嚷道，"你一定又偷了人家的东西了！"孔乙己睁大眼睛说，"你怎么这样凭空污人清白……""什么清白？我前天亲眼见你偷了何家的书，吊着打。"孔乙己便涨红了脸，额上的青筋条条绽出，争辩道，"窃书不能算偷……窃书！……读书人的事，能算偷么？"接连便是难懂的话，什么"君子固穷"[2]，什么"者乎"之类，引得众人都哄笑起来：店内外充满了快活的空气。

听人家背地里谈论，孔乙己原来也读过书，但终于没有进学[3]，又不会营生；于是愈过愈穷，弄到将要讨饭了。幸而写得一笔好字，便替

---

1 描红纸：一种印有红色楷字，供儿童摹写毛笔字用的字帖。旧时最通行的一种，印有"上大人孔（明代以前作丘）乙己化三千七十士尔小生八九子佳作仁可知礼也"这样一些笔画简单、三字一句和似通非通的文字。

2 语见《论语·卫灵公》。它是君子应不以穷困而改变操守的意思。

3 进学：明清科举制度，童生经过县考初试，府考复试，再参加由学政主持的院考（道考），考取的列名府、县学籍，叫进学，也就成了秀才。

人家钞钞书，换一碗饭吃。可惜他又有一样坏脾气，便是好吃懒做。坐不到几天，便连人和书籍纸张笔砚，一齐失踪。如是几次，叫他钞书的人也没有了。孔乙己没有法，便免不了偶然做些偷窃的事。但他在我们店里，品行却比别人都好，就是从不拖欠；虽然间或没有现钱，暂时记在粉板上，但不出一月，定然还清，从粉板上拭去了孔乙己的名字。

孔乙己喝过半碗酒，涨红的脸色渐渐复了原，旁人便又问道，"孔乙己，你当真认识字么？"孔乙己看着问他的人，显出不屑置辩的神气。他们便接着说道，"你怎的连半个秀才也捞不到呢？"孔乙己立刻显出颓唐不安模样，脸上笼上了一层灰色，嘴里说些话；这回可是全是之乎者也之类，一些不懂了。在这时候，众人也都哄笑起来：店内外充满了快活的空气。

在这些时候，我可以附和着笑，掌柜是决不责备的。而且掌柜见了孔乙己，也每每这样问他，引人发笑。孔乙己自己知道不能和他们谈天，便只好向孩子说话。有一回对我说道，"你读过书么？"我略略点一点头。他说，"读过书，……我便考你一考。茴香豆的茴字，怎样写的？"我想，讨饭一样的人，也配考我么？便回过脸去，不再理会。孔乙己等了许久，很恳切的说道，"不能写罢？……我教给你，记着！这些字应该记着。将来做掌柜的时候，写账要用。"我暗想我和掌柜的等级还很远呢，而且我们掌柜也从不将茴香豆上账；又好笑，又不耐烦，懒懒的答他道，"谁要你教，不是草头底下一个来回的回字么？"孔乙己显出极高兴的样子，将两个指头的长指甲敲着柜台，点头说，"对呀对呀！……回字有四样写法[1]，你知道么？"我愈不耐烦了，努着嘴走远。孔乙己刚用

---

1 回字通常只有三种写法：回、囘、囬。第四种写作㐭（见《康熙字典·备考》），极少见。

指甲蘸了酒，想在柜上写字，见我毫不热心，便又叹一口气，显出极惋惜的样子。

有几回，邻居孩子听得笑声，也赶热闹，围住了孔乙己。他便给他们吃茴香豆，一人一颗。孩子吃完豆，仍然不散，眼睛都望着碟子。孔乙己着了慌，伸开五指将碟子罩住，弯腰下去说道，"不多了，我已经不多了。"直起身又看一看豆，自己摇头说，"不多不多！多乎哉？不多也。"[1]于是这一群孩子都在笑声里走散了。

孔乙己是这样的使人快活，可是没有他，别人也便这么过。

有一天，大约是中秋前的两三天，掌柜正在慢慢的结账，取下粉板，忽然说，"孔乙己长久没有来了。还欠十九个钱呢！"我才也觉得他的确长久没有来了。一个喝酒的人说道，"他怎么会来？……他打折了腿了。"掌柜说，"哦！""他总仍旧是偷。这一回，是自己发昏，竟偷到丁举人家里去了。他家的东西，偷得的么？""后来怎么样？""怎么样？先写服辩[2]，后来是打，打了大半夜，再打折了腿。""后来呢？""后来打折了腿了。""打折了怎样呢？""怎样？……谁晓得？许是死了。"掌柜也不再问，仍然慢慢的算他的账。

中秋之后，秋风是一天凉比一天，看看将近初冬；我整天的靠着火，也须穿上棉袄了。一天的下半天，没有一个顾客，我正合了眼坐着。忽然间听得一个声音，"温一碗酒。"这声音虽然极低，却很耳熟。看时又全没有人。站起来向外一望，那孔乙己便在柜台下对了门槛坐着。他脸上黑而且瘦，已经不成样子；穿一件破夹袄，盘着两腿，下面垫一个

---

1 语见《论语·子罕》："大宰问于子贡曰：'夫子圣者与？何其多能也！'子贡曰：'固天纵之将圣，又多能也。'子闻之，曰：'大宰知我乎？吾少也贱，故多能鄙事。君子多乎哉？不多也。'"

2 服辩：又作伏辩，即认罪书。

蒲包，用草绳在肩上挂住；见了我，又说道，"温一碗酒。"掌柜也伸出头去，一面说，"孔乙己么？你还欠十九个钱呢！"孔乙己很颓唐的仰面答道，"这……下回还清罢。这一回是现钱，酒要好。"掌柜仍然同平常一样，笑着对他说，"孔乙己，你又偷了东西了！"但他这回却不十分分辩，单说了一句"不要取笑！""取笑？要是不偷，怎么会打断腿？"孔乙己低声说道，"跌断，跌，跌……"他的眼色，很像恳求掌柜，不要再提。此时已经聚集了几个人，便和掌柜都笑了。我温了酒，端出去，放在门槛上。他从破衣袋里摸出四文大钱，放在我手里，见他满手是泥，原来他便用这手走来的。不一会，他喝完酒，便又在旁人的说笑声中，坐着用这手慢慢走去了。

  自此以后，又长久没有看见孔乙己。到了年关，掌柜取下粉板说，"孔乙己还欠十九个钱呢！"到第二年的端午，又说"孔乙己还欠十九个钱呢！"到中秋可是没有说，再到年关也没有看见他。

  我到现在终于没有见——大约孔乙己的确死了。

一九一九年三月

药[1]

一

秋天的后半夜，月亮下去了，太阳还没有出，只剩下一片乌蓝的天；除了夜游的东西，什么都睡着。华老栓忽然坐起身，擦着火柴，点上遍身油腻的灯盏，茶馆的两间屋子里，便弥满了青白的光。

"小栓的爹，你就去么？"是一个老女人的声音。里边的小屋子里，也发出一阵咳嗽。

"唔。"老栓一面听，一面应，一面扣上衣服；伸手过去说，"你给我罢。"

华大妈在枕头底下掏了半天，掏出一包洋钱[2]，交给老栓，老栓接了，抖抖的装入衣袋，又在外面按了两下；便点上灯笼，吹熄灯盏，走向里屋子去了。那屋子里面，正在窸窸窣窣的响，接着便是一通咳嗽。老栓

---

1 本篇最初发表于一九一九年五月《新青年》第六卷第五号。按：篇中人物夏瑜隐喻清末女革命党人秋瑾。秋瑾在徐锡麟被害后不久，也于一九〇七年七月十五日凌晨遭清政府杀害，就义的地点在绍兴轩亭口。轩亭口是绍兴城内的大街，街旁有一牌楼，匾上题有"古轩亭口"四字。

2 洋钱：指银元。

候他平静下去，才低低的叫道，"小栓……你不要起来。……店么？你娘会安排的。"

老栓听得儿子不再说话，料他安心睡了；便出了门，走到街上。街上黑沉沉的一无所有，只有一条灰白的路，看得分明。灯光照着他的两脚，一前一后的走。有时也遇到几只狗，可是一只也没有叫。天气比屋子里冷多了；老栓倒觉爽快，仿佛一旦变了少年，得了神通，有给人生命的本领似的，跨步格外高远。而且路也愈走愈分明，天也愈走愈亮了。

老栓正在专心走路，忽然吃了一惊，远远里看见一条丁字街，明明白白横着。他便退了几步，寻到一家关着门的铺子，蹩进檐下，靠门立住了。好一会，身上觉得有些发冷。

"哼，老头子。"

"倒高兴……。"

老栓又吃一惊，睁眼看时，几个人从他面前过去了。一个还回头看他，样子不甚分明，但很像久饿的人见了食物一般，眼里闪出一种攫取的光。老栓看看灯笼，已经熄了。按一按衣袋，硬硬的还在。仰起头两面一望，只见许多古怪的人，三三两两，鬼似的在那里徘徊；定睛再看，却也看不出什么别的奇怪。

没有多久，又见几个兵，在那边走动；衣服前后的一个大白圆圈，远地里也看得清楚，走过面前的，并且看出号衣[1]上暗红色的镶边。——一阵脚步声响，一眨眼，已经拥过了一大簇人。那三三两两的人，也忽然合作一堆，潮一般向前赶；将到丁字街口，便突然立住，簇成一个半圆。

老栓也向那边看，却只见一堆人的后背；颈项都伸得很长，仿佛许

---

[1] 号衣：指清朝士兵的军衣，前后胸都缀有一块圆形白布，上有"兵"或"勇"字样。

多鸭,被无形的手捏住了的,向上提着。静了一会,似乎有点声音,便又动摇起来,轰的一声,都向后退;一直散到老栓立着的地方,几乎将他挤倒了。

"喂!一手交钱,一手交货!"一个浑身黑色的人,站在老栓面前,眼光正像两把刀,刺得老栓缩小了一半。那人一只大手,向他摊着;一只手却撮着一个鲜红的馒头[1],那红的还是一点一点的往下滴。

老栓慌忙摸出洋钱,抖抖的想交给他,却又不敢去接他的东西。那人便焦急起来,嚷道,"怕什么?怎的不拿!"老栓还踌躇着;黑的人便抢过灯笼,一把扯下纸罩,裹了馒头,塞与老栓;一手抓过洋钱,捏一捏,转身去了。嘴里哼着说,"这老东西……。"

"这给谁治病的呀?"老栓也似乎听得有人问他,但他并不答应;他的精神,现在只在一个包上,仿佛抱着一个十世单传的婴儿,别的事情,都已置之度外了。他现在要将这包里的新的生命,移植到他家里,收获许多幸福。太阳也出来了;在他面前,显出一条大道,直到他家中,后面也照见丁字街头破匾上"古□亭口"这四个黯淡的金字。

二

老栓走到家,店面早经收拾干净,一排一排的茶桌,滑溜溜的发光。但是没有客人;只有小栓坐在里排的桌前吃饭,大粒的汗,从额上滚下,夹袄也帖住了脊心,两块肩胛骨高高凸出,印成一个阳文的"八"字。老栓见这样子,不免皱一皱展开的眉心。他的女人,从灶下急急走

---

[1] 即蘸有人血的馒头。旧时迷信以为人血可以医治肺痨。

出,睁着眼睛,嘴唇有些发抖。

"得了么?"

"得了。"

两个人一齐走进灶下,商量了一会;华大妈便出去了,不多时,拿着一片老荷叶回来,摊在桌上。老栓也打开灯笼罩,用荷叶重新包了那红的馒头。小栓也吃完饭,他的母亲慌忙说:"小栓——你坐着,不要到这里来。"一面整顿了灶火,老栓便把一个碧绿的包,一个红红白白的破灯笼,一同塞在灶里;一阵红黑的火焰过去时,店屋里散满了一种奇怪的香味。

"好香!你们吃什么点心呀?"这是驼背五少爷到了。这人每天总在茶馆里过日,来得最早,去得最迟,此时恰恰蹩到临街的壁角的桌边,便坐下问话,然而没有人答应他。"炒米粥么?"仍然没有人应。老栓匆匆走出,给他泡上茶。

"小栓进来罢!"华大妈叫小栓进了里面的屋子,中间放好一条凳,小栓坐了。他的母亲端过一碟乌黑的圆东西,轻轻说:

"吃下去罢,——病便好了。"

小栓撮起这黑东西,看了一会,似乎拿着自己的性命一般,心里说不出的奇怪。十分小心的拗开了,焦皮里面窜出一道白气,白气散了,是两半个白面的馒头。——不多工夫,已经全在肚里了,却全忘了什么味;面前只剩下一张空盘。他的旁边,一面立着他的父亲,一面立着他的母亲,两人的眼光,都仿佛要在他身上注进什么又要取出什么似的;便禁不住心跳起来,按着胸膛,又是一阵咳嗽。

"睡一会罢,——便好了。"

小栓依他母亲的话,咳着睡了。华大妈候他喘气平静,才轻轻的给他盖上了满幅补钉的夹被。

三

店里坐着许多人，老栓也忙了，提着大铜壶，一趟一趟的给客人冲茶；两个眼眶，都围着一圈黑线。

"老栓，你有些不舒服么？——你生病么？"一个花白胡子的人说。

"没有。"

"没有？——我想笑嘻嘻的，原也不像……"花白胡子便取消了自己的话。

"老栓只是忙。要是他的儿子……"驼背五少爷话还未完，突然闯进了一个满脸横肉的人，披一件玄色布衫，散着纽扣，用很宽的玄色腰带，胡乱捆在腰间。刚进门，便对老栓嚷道：

"吃了么？好了么？老栓，就是运气了你！你运气，要不是我信息灵……。"

老栓一手提了茶壶，一手恭恭敬敬的垂着；笑嘻嘻的听。满座的人，也都恭恭敬敬的听。华大妈也黑着眼眶，笑嘻嘻的送出茶碗茶叶来，加上一个橄榄，老栓便去冲了水。

"这是包好！这是与众不同的。你想，趁热的拿来，趁热的吃下。"横肉的人只是嚷。

"真的呢，要没有康大叔照顾，怎么会这样……"华大妈也很感激的谢他。

"包好，包好！这样的趁热吃下。这样的人血馒头，什么痨病都包好！"

华大妈听到"痨病"这两个字，变了一点脸色，似乎有些不高兴；

但又立刻堆上笑,搭讪着走开了。这康大叔却没有觉察,仍然提高了喉咙只是嚷,嚷得里面睡着的小栓也合伙咳嗽起来。

"原来你家小栓碰到了这样的好运气了。这病自然一定全好;怪不得老栓整天的笑着呢。"花白胡子一面说,一面走到康大叔面前,低声下气的问道,"康大叔——听说今天结果的一个犯人,便是夏家的孩子,那是谁的孩子?究竟是什么事?"

"谁的?不就是夏四奶奶的儿子么?那个小家伙!"康大叔见众人都耸起耳朵听他,便格外高兴,横肉块块饱绽,越发大声说,"这小东西不要命,不要就是了。我可是这一回一点没有得到好处;连剥下来的衣服,都给管牢的红眼睛阿义拿去了。——第一要算我们栓叔运气;第二是夏三爷赏了二十五两雪白的银子,独自落腰包,一文不花。"

小栓慢慢的从小屋子里走出,两手按了胸口,不住的咳嗽;走到灶下,盛出一碗冷饭,泡上热水,坐下便吃。华大妈跟着他走,轻轻的问道,"小栓,你好些么?——你仍旧只是肚饿?……"

"包好,包好!"康大叔瞥了小栓一眼,仍然回过脸,对众人说,"夏三爷真是乖角儿,要是他不先告官,连他满门抄斩。现在怎样?银子!——这小东西也真不成东西!关在牢里,还要劝牢头造反。"

"阿[1]呀,那还了得。"坐在后排的一个二十多岁的人,很现出气愤模样。

"你要晓得红眼睛阿义是去盘盘底细的,他却和他攀谈了。他说:这大清的天下是我们大家的。你想:这是人话么?红眼睛原知道他家里只有一个老娘,可是没有料到他竟会这么穷,榨不出一点油水,已经气

---

1 阿,旧同"啊"。

破肚皮了。他还要老虎头上搔痒,便给他两个嘴巴!"

"义哥是一手好拳棒,这两下,一定够他受用了。"壁角的驼背忽然高兴起来。

"他这贱骨头打不怕,还要说可怜可怜哩。"

花白胡子的人说,"打了这种东西,有什么可怜呢?"

康大叔显出看他不上的样子,冷笑着说,"你没有听清我的话;看他神气,是说阿义可怜哩!"

听着的人的眼光,忽然有些板滞;话也停顿了。小栓已经吃完饭,吃得满头流汗,头上都冒出蒸气来。

"阿义可怜——疯话,简直是发了疯了。"花白胡子恍然大悟似的说。

"发了疯了。"二十多岁的人也恍然大悟的说。

店里的坐客,便又现出活气,谈笑起来。小栓也趁着热闹,拼命咳嗽;康大叔走上前,拍他肩膀说:

"包好!小栓——你不要这么咳。包好!"

"疯了。"驼背五少爷点着头说。

四

西关外靠着城根的地面,本是一块官地;中间歪歪斜斜一条细路,是贪走便道的人,用鞋底造成的,但却成了自然的界限。路的左边,都埋着死刑和瘐毙的人,右边是穷人的丛冢。两面都已埋到层层叠叠,宛然阔人家里祝寿时的馒头。

这一年的清明,分外寒冷;杨柳才吐出半粒米大的新芽。天明未久,华大妈已在右边的一坐[1]新坟前面,排出四碟菜,一碗饭,哭了一场。化过纸[2],呆呆的坐在地上;仿佛等候什么似的,但自己也说不出等候什么。微风起来,吹动她短发,确乎比去年白得多了。

小路上又来了一个女人,也是半白头发,褴褛的衣裙;提一个破旧的朱漆圆篮,外挂一串纸锭,三步一歇的走。忽然见华大妈坐在地上看她,便有些踌躇,惨白的脸上,现出些羞愧的颜色;但终于硬着头皮,走到左边的一坐坟前,放下了篮子。

那坟与小栓的坟,一字儿排着,中间只隔一条小路。华大妈看她排好四碟菜,一碗饭,立着哭了一通,化过纸锭;心里暗暗地想,"这坟里的也是儿子了。"那老女人徘徊观望了一回,忽然手脚有些发抖,跄跄踉踉退下几步,瞪着眼只是发怔。

华大妈见这样子,生怕她伤心到快要发狂了;便忍不住立起身,跨过小路,低声对她说,"你这位老奶奶不要伤心了,——我们还是回去罢。"

那人点一点头,眼睛仍然向上瞪着;也低声吃吃的说道,"你看,——看这是什么呢?"

华大妈跟了她指头看去,眼光便到了前面的坟,这坟上草根还没有全合,露出一块一块的黄土,煞是难看。再往上仔细看时,却不觉也吃一惊;——分明有一圈红白的花,围着那尖圆的坟顶。

她们的眼睛都已老花多年了,但望这红白的花,却还能明白看见。花也不很多,圆圆的排成一个圈,不很精神,倒也整齐。华大妈忙看她儿子和别人的坟,却只有不怕冷的几点青白小花,零星开着;便觉

---

[1] 坐,旧同座。

[2] 化过纸:指烧纸,旧俗认为把它火化后可供死者在"阴间"使用。下文说的纸锭,是用纸或锡箔折成的元宝。

得心里忽然感到一种不足和空虚,不愿意根究。那老女人又走近几步,细看了一遍,自言自语的说,"这没有根,不像自己开的。——这地方有谁来呢?孩子不会来玩;——亲戚本家早不来了。——这是怎么一回事呢?"她想了又想,忽又流下泪来,大声说道:

"瑜儿,他们都冤枉了你,你还是忘不了,伤心不过,今天特意显点灵,要我知道么?"

她四面一看,只见一只乌鸦,站在一株没有叶的树上,便接着说,"我知道了。——瑜儿,可怜他们坑了你,他们将来总有报应,天都知道;你闭了眼睛就是了。——你如果真在这里,听到我的话,——便教这乌鸦飞上你的坟顶,给我看罢。"

微风早经停息了;枯草支支直立,有如铜丝。一丝发抖的声音,在空气中愈颤愈细,细到没有,周围便都是死一般静。两人站在枯草丛里,仰面看那乌鸦;那乌鸦也在笔直的树枝间,缩着头,铁铸一般站着。

许多的工夫过去了;上坟的人渐渐增多,几个老的小的,在土坟间出没。

华大妈不知怎的,似乎卸下了一挑重担,便想到要走;一面劝着说,"我们还是回去罢。"

那老女人叹一口气,无精打采的收起饭菜;又迟疑了一刻,终于慢慢地走了。嘴里自言自语的说,"这是怎么一回事呢?……"

她们走不上二三十步远,忽听得背后"哑——"的一声大叫;两个人都竦然的回过头,只见那乌鸦张开两翅,一挫身,直向着远处的天空,箭也似的飞去了。

一九一九年四月

明　天[1]

"没有声音,——小东西怎了?"

红鼻子老拱手里擎了一碗黄酒,说着,向间壁努一努嘴。蓝皮阿五便放下酒碗,在他脊梁上用死劲的打了一掌,含含糊糊嚷道:

"你……你你又在想心思……。"

原来鲁镇是僻静地方,还有些古风:不上一更,大家便都关门睡觉。深更半夜没有睡的只有两家:一家是咸亨酒店,几个酒肉朋友围着柜台,吃喝得正高兴;一家便是间壁的单四嫂子,她自从前年守了寡,便须专靠着自己的一双手纺出棉纱来,养活她自己和她三岁的儿子,所以睡的也迟。

这几天,确凿没有纺纱的声音了。但夜深没有睡的既然只有两家,这单四嫂子家有声音,便自然只有老拱们听到,没有声音,也只有老拱们听到。

老拱挨了打,仿佛很舒服似的喝了一大口酒,呜呜的唱起小曲来。

---

[1] 本篇最初发表于一九一九年十月北京《新潮》月刊第二卷第一号。

这时候，单四嫂子正抱着她的宝儿，坐在床沿上，纺车静静的立在地上。黑沉沉的灯光，照着宝儿的脸，绯红里带一点青。单四嫂子心里计算：神签也求过了，愿心也许过了，单方也吃过了，要是还不见效，怎么好？——那只有去诊何小仙了。但宝儿也许是日轻夜重，到了明天，太阳一出，热也会退，气喘也会平的：这实在是病人常有的事。

单四嫂子是一个粗笨女人，不明白这"但"字的可怕：许多坏事固然幸亏有了他才变好，许多好事却也因为有了他都弄糟。夏天夜短，老拱们呜呜的唱完了不多时，东方已经发白；不一会，窗缝里透进了银白色的曙光。

单四嫂子等候天明，却不像别人这样容易，觉得非常之慢，宝儿的一呼吸，几乎长过一年。现在居然明亮了；天的明亮，压倒了灯光，——看见宝儿的鼻翼，已经一放一收的扇动。

单四嫂子知道不妙，暗暗叫一声"阿呀！"心里计算：怎么好？只有去诊何小仙这一条路了。她虽然是粗笨女人，心里却有决断，便站起身，从木柜子里掏出每天节省下来的十三个小银元和一百八十铜钱，都装在衣袋里，锁上门，抱着宝儿直向何家奔过去。

天气还早，何家已经坐着四个病人了。她摸出四角银元，买了号签，第五个轮到宝儿。何小仙伸开两个指头按脉，指甲足有四寸多长，单四嫂子暗地纳罕，心里计算：宝儿该有活命了。但总免不了着急，忍不住要问，便局局促促的说：

"先生，——我家的宝儿什么病呀？"

"他中焦塞着[1]。"

"不妨事么？他……"

"先去吃两帖。"

"他喘不过气来，鼻翅子都扇着呢。"

"这是火克金[2]……"

何小仙说了半句话，便闭上眼睛；单四嫂子也不好意思再问。在何小仙对面坐着的一个三十多岁的人，此时已经开好一张药方，指着纸角上的几个字说道：

"这第一味保婴活命丸，须是贾家济世老店才有！"

单四嫂子接过药方，一面走，一面想。她虽是粗笨女人，却知道何家与济世老店与自己的家，正是一个三角点；自然是买了药回去便宜了。于是又径向济世老店奔过去。店伙也翘了长指甲慢慢的看方，慢慢的包药。单四嫂子抱了宝儿等着；宝儿忽然擎起小手来，用力拔她散乱着的一绺头发，这是从来没有的举动，单四嫂子怕得发怔。

太阳早出了。单四嫂子抱了孩子，带着药包，越走觉得越重；孩子又不住的挣扎，路也觉得越长。没奈何坐在路旁一家公馆的门槛上，休息了一会，衣服渐渐的冰着肌肤，才知道自己出了一身汗；宝儿却仿佛睡着了。她再起来慢慢地走，仍然支撑不得，耳朵边忽然听得人说：

"单四嫂子，我替你抱勃罗！"似乎是蓝皮阿五的声音。

她抬头看时，正是蓝皮阿五，睡眼蒙眬的跟着她走。

单四嫂子在这时候，虽然很希望降下一员天将，助她一臂之力，却

---

[1] 中焦塞着：中医用语，指消化不良一类的病症。

[2] 火克金：中医用语。中医学用古代五行相生相克的说法来解释病理。火克金，是说"心火"克制了"肺金"，引起了呼吸系统的疾病。

不愿是阿五。但阿五有些侠气,无论如何,总是偏要帮忙,所以推让了一会,终于得了许可了。他便伸开臂膊,从单四嫂子的乳房和孩子之间,直伸下去,抱去了孩子。单四嫂子便觉乳房上发了一条热,刹时间直热到脸上和耳根。

他们两人离开了二尺五寸多地,一同走着。阿五说些话,单四嫂子却大半没有答。走了不多时候,阿五又将孩子还给她,说是昨天与朋友约定的吃饭时候到了;单四嫂子便接了孩子。幸而不远便是家,早看见对门的王九妈在街边坐着,远远地说话:

"单四嫂子,孩子怎了?——看过先生了么?"

"看是看了。——王九妈,你有年纪,见的多,不如请你老法眼[1]看一看,怎样……"

"唔……"

"怎样……?"

"唔……"王九妈端详了一番,把头点了两点,摇了两摇。

宝儿吃下药,已经是午后了。单四嫂子留心看他神情,似乎仿佛平稳了不少;到得下午,忽然睁开眼叫一声"妈!"又仍然合上眼,像是睡去了。他睡了一刻,额上鼻尖都沁出一粒一粒的汗珠,单四嫂子轻轻一摸,胶水般粘着手;慌忙去摸胸口,便禁不住呜咽起来。

宝儿的呼吸从平稳到没有,单四嫂子的声音也就从呜咽变成号咷。这时聚集了几堆人:门内是王九妈蓝皮阿五之类,门外是咸亨的掌柜和红鼻老拱之类。王九妈便发命令,烧了一串纸钱;又将两条板凳和五件衣服作抵,替单四嫂子借了两块洋钱,给帮忙的人备饭。

---

[1] 法眼:佛家语。原指菩萨洞察一切的智慧,这里是称许对方有鉴定能力的客气话。

第一个问题是棺木。单四嫂子还有一副银耳环和一支裹金的银簪,都交给了咸亨的掌柜,托他作一个保,半现半赊的买一具棺木。蓝皮阿五也伸出手来,很愿意自告奋勇;王九妈却不许他,只准他明天抬棺材的差使,阿五骂了一声"老畜生",怏怏的努了嘴站着。掌柜便自去了;晚上回来,说棺木须得现做,后半夜才成功。

掌柜回来的时候,帮忙的人早吃过饭;因为鲁镇还有些古风,所以不上一更,便都回家睡觉了。只有阿五还靠着咸亨的柜台喝酒,老拱也呜呜的唱。

这时候,单四嫂子坐在床沿上哭着,宝儿在床上躺着,纺车静静的在地上立着。许多工夫,单四嫂子的眼泪宣告完结了,眼睛张得很大,看看四面的情形,觉得奇怪:所有的都是不会有的事。她心里计算:不过是梦罢了,这些事都是梦。明天醒过来,自己好好的睡在床上,宝儿也好好的睡在自己身边。他也醒过来,叫一声"妈",生龙活虎似的跳去玩了。

老拱的歌声早经寂静,咸亨也熄了灯。单四嫂子张着眼,总不信所有的事。——鸡也叫了;东方渐渐发白,窗缝里透进了银白色的曙光。

银白的曙光又渐渐显出绯红,太阳光接着照到屋脊。单四嫂子张着眼,呆呆坐着;听得打门声音,才吃了一吓,跑出去开门。门外一个不认识的人,背了一件东西;后面站着王九妈。

哦,他们背了棺材来了。

下半天,棺木才合上盖:因为单四嫂子哭一回,看一回,总不肯死心塌地的盖上;幸亏王九妈等得不耐烦,气愤愤的跑上前,一把拖开她,才七手八脚的盖上了。

但单四嫂子待他的宝儿,实在已经尽了心,再没有什么缺陷。昨天烧过一串纸钱,上午又烧了四十九卷《大悲咒》[1];收敛的时候,给他穿上顶新的衣裳,平日喜欢的玩意儿,——一个泥人,两个小木碗,两个玻璃瓶,——都放在枕头旁边。后来王九妈掐着指头仔细推敲,也终于想不出一些什么缺陷。

这一日里,蓝皮阿五简直整天没有到;咸亨掌柜便替单四嫂子雇了两名脚夫,每名二百另十个大钱,抬棺木到义冢地上安放。王九妈又帮他煮了饭,凡是动过手开过口的人都吃了饭。太阳渐渐显出要落山的颜色;吃过饭的人也不觉都显出要回家的颜色,——于是他们终于都回了家。

单四嫂子很觉得头眩,歇息了一会,倒居然有点平稳了。但她接连着便觉得很异样:遇到了平生没有遇到过的事,不像会有的事,然而的确出现了。她越想越奇,又感到一件异样的事——这屋子忽然太静了。

她站起身,点上灯火,屋子越显得静。她昏昏的走去关上门,回来坐在床沿上,纺车静静的立在地上。她定一定神,四面一看,更觉得坐立不得,屋子不但太静,而且也太大了,东西也太空了。太大的屋子四面包围着她,太空的东西四面压着她,叫她喘气不得。

她现在知道她的宝儿确乎死了;不愿意见这屋子,吹熄了灯,躺着。她一面哭,一面想:想那时候,自己纺着棉纱,宝儿坐在身边吃茴香豆,瞪着一双小黑眼睛想了一刻,便说,"妈!爹卖馄饨,我大了也卖馄饨,卖许多许多钱,——我都给你。"那时候,真是连纺出的棉纱,也仿佛寸寸都有意思,寸寸都活着。但现在怎么了?现在的事,单四嫂子却

---

[1]《大悲咒》:即佛教《观世音菩萨大悲心陀罗尼经》中的咒文。迷信认为给死者念诵或烧化这种咒文,可以使他在"阴间"消除灾难,往生"乐土"。

实在没有想到什么。——我早经说过：她是粗笨女人。她能想出什么呢？她单觉得这屋子太静，太大，太空罢了。

但单四嫂子虽然粗笨，却知道还魂是不能有的事，她的宝儿也的确不能再见了。叹一口气，自言自语的说，"宝儿，你该还在这里，你给我梦里见见罢。"于是合上眼，想赶快睡去，会她的宝儿，苦苦的呼吸通过了静和大和空虚，自己听得明白。

单四嫂子终于朦朦胧胧的走入睡乡，全屋子都很静。这时红鼻子老拱的小曲，也早经唱完；跄跄踉踉出了咸亨，却又提尖了喉咙，唱道：

"我的冤家呀！——可怜你，——孤另另的……"

蓝皮阿五便伸手揪住了老拱的肩头，两个人七歪八斜的笑着挤着走去。

单四嫂子早睡着了，老拱们也走了，咸亨也关上门了。这时的鲁镇，便完全落在寂静里。只有那暗夜为想变成明天，却仍在这寂静里奔波；另有几条狗，也躲在暗地里呜呜的叫。

一九二〇年六月

一件小事[1]

我从乡下跑到京城里,一转眼已经六年了。其间耳闻目睹的所谓国家大事,算起来也很不少;但在我心里,都不留什么痕迹,倘要我寻出这些事的影响来说,便只是增长了我的坏脾气,——老实说,便是教我一天比一天的看不起人。

但有一件小事,却于我有意义,将我从坏脾气里拖开,使我至今忘记不得。

这是民国六年的冬天,大北风刮得正猛,我因为生计关系,不得不一早在路上走。一路几乎遇不见人,好容易才雇定了一辆人力车,教他拉到S门去。不一会,北风小了,路上浮尘早已刮净,剩下一条洁白的大道来,车夫也跑得更快。刚近S门,忽而车把上带着一个人,慢慢地倒了。

跌倒的是一个女人,花白头发,衣服都很破烂。伊从马路上突然向车前横截过来;车夫已经让开道,但伊的破棉背心没有上扣,微风吹着,

---

1 本篇最初发表于一九一九年十二月一日北京《晨报·周年纪念增刊》。

向外展开,所以终于兜着车把。幸而车夫早有点停步,否则伊定要栽一个大觔斗,跌到头破血出了。

伊伏在地上;车夫便也立住脚。我料定这老女人并没有伤,又没有别人看见,便很怪他多事,要自己惹出是非,也误了我的路。

我便对他说,"没有什么的。走你的罢!"

车夫毫不理会,——或者并没有听到,——却放下车子,扶那老女人慢慢起来,搀着臂膊立定,问伊说:

"你怎么啦?"

"我摔坏了。"

我想,我眼见你慢慢倒地,怎么会摔坏呢,装腔作势罢了,这真可憎恶。车夫多事,也正是自讨苦吃,现在你自己想法去。

车夫听了这老女人的话,却毫不踌躇,仍然搀着伊的臂膊,便一步一步的向前走。我有些诧异,忙看前面,是一所巡警分驻所,大风之后,外面也不见人。这车夫扶着那老女人,便正是向那大门走去。

我这时突然感到一种异样的感觉,觉得他满身灰尘的后影,刹时高大了,而且愈走愈大,须仰视才见。而且他对于我,渐渐的又几乎变成一种威压,甚而至于要榨出皮袍下面藏着的"小"来。

我的活力这时大约有些凝滞了,坐着没有动,也没有想,直到看见分驻所里走出一个巡警,才下了车。

巡警走近我说,"你自己雇车罢,他不能拉你了。"

我没有思索的从外套袋里抓出一大把铜元,交给巡警,说,"请你给他……"

风全住了,路上还很静。我走着,一面想,几乎怕敢想到自己。以前的事姑且搁起,这一大把铜元又是什么意思?奖他么?我还能裁判车夫么？我不能回答自己。

这事到了现在，还是时时记起。我因此也时时煞了苦痛，努力的要想到我自己。几年来的文治武力，在我早如幼小时候所读过的"子曰诗云"一般，背不上半句了。独有这一件小事，却总是浮在我眼前，有时反更分明，教我惭愧，催我自新，并且增长我的勇气和希望。

一九二〇年七月

头发的故事[1]

星期日的早晨,我揭去一张隔夜的日历,向着新的那一张上看了又看的说:

"阿,十月十日,——今天原来正是双十节[2]。这里却一点没有记载!"

我的一位前辈先生N,正走到我的寓里来谈闲天,一听这话,便很不高兴的对我说:

"他们对!他们不记得,你怎样他;你记得,又怎样呢?"

这位N先生本来脾气有点乖张,时常生些无谓的气,说些不通世故的话。当这时候,我大抵任他自言自语,不赞一辞;他独自发完议论,也就算了。

他说:

"我最佩服北京双十节的情形。早晨,警察到门,吩咐道'挂

---

[1] 本篇最初发表于一九二〇年十月十日上海《时事新报·学灯》。

[2] 双十节:一九一一年十月十日孙中山领导的革命党举行了武昌起义(即辛亥革命),次年一月一日建立中华民国,九月二十八日临时参议院议决十月十日为国庆纪念日,又称"双十节"。

旗!''是,挂旗!'各家大半懒洋洋的踱出一个国民来,撅起一块斑驳陆离的洋布[1]。这样一直到夜,——收了旗关门;几家偶然忘却的,便挂到第二天的上午。

"他们忘却了纪念,纪念也忘却了他们!

"我也是忘却了纪念的一个人。倘使纪念起来,那第一个双十节前后的事,便都上我的心头,使我坐立不稳了。

"多少故人的脸,都浮在我眼前。几个少年辛苦奔走了十多年,暗地里一颗弹丸要了他的性命;几个少年一击不中,在监牢里身受一个多月的苦刑;几个少年怀着远志,忽然踪影全无,连尸首也不知哪里去了。——

"他们都在社会的冷笑恶骂迫害倾陷里过了一生;现在他们的坟墓也早在忘却里渐渐平塌下去了。

"我不堪纪念这些事。

"我们还是记起一点得意的事来谈谈罢。"

N忽然现出笑容,伸手在自己头上一摸,高声说:

"我最得意的是自从第一个双十节以后,我在路上走,不再被人笑骂了。

"老兄,你可知道头发是我们中国人的宝贝和冤家,古今来多少人在这上头吃些毫无价值的苦呵!

"我们的很古的古人,对于头发似乎也还看轻。据刑法看来,最要紧的自然是脑袋,所以大辟是上刑;次要便是生殖器了,所以宫刑和幽

---

1 指辛亥革命后至一九二七年这一时期旧中国的国旗,也叫五色旗。

闭也是一件吓人的罚;至于髡,那是微乎其微了,[1]然而推想起来,正不知道曾有多少人们因为光着头皮便被社会践踏了一生世。

"我们讲革命的时候,大谈什么扬州十日,嘉定屠城[2],其实也不过一种手段;老实说:那时中国人的反抗,何尝因为亡国,只是因为拖辫子。

"顽民杀尽了,遗老都寿终了,辫子早留定了,洪杨[3]又闹起来了。我的祖母曾对我说,那时做百姓才难哩,全留着头发的被官兵杀,还是辫子的便被长毛杀!

"我不知道有多少中国人只因为这不痛不痒的头发而吃苦,受难,灭亡。"

N 两眼望着屋梁,似乎想些事,仍然说:

"谁知道头发的苦轮到我了。

"我出去留学,便剪掉了辫子,这并没有别的奥妙,只为他不太便当罢了。不料有几位辫子盘在头顶上的同学们便很厌恶我;监督也大怒,说要停了我的官费,送回中国去。

"不几天,这位监督却自己被人剪去辫子逃走了。去剪的人们里面,

---

1 据《尚书·吕刑》及相关的注解,我国古代刑法分为五等:一是墨刑,即"先刻其面,以墨窒之";二是劓刑,即"截鼻";三是剕刑,即"断足";四是宫刑,即"男子割势,妇人幽闭";五是大辟,即斩首。"去发"的髡刑不在五刑之内,但也是一种刑罚,自隋唐以后已废止。

2 指清顺治二年(1645)清军攻破扬州和嘉定后进行的大屠杀。

3 洪杨:指洪秀全和杨秀清,二人都是太平天国的领袖。他们领导的起义军都留发而不结辫,被称为"长毛"。

一个便是做《革命军》的邹容[1],这人也因此不能再留学,回到上海来,后来死在西牢里。你也早忘却了罢?

"过了几年,我的家景大不如前了,非谋点事做便要受饿,只得也回到中国来。我一到上海,便买定一条假辫子,那时是二元的市价,带着回家。我的母亲倒也不说什么,然而旁人一见面,便都首先研究这辫子,待到知道是假,就一声冷笑,将我拟为杀头的罪名;有一位本家,还预备去告官,但后来因为恐怕革命党的造反或者要成功,这才中止了。

"我想,假的不如真的直截爽快,我便索性废了假辫子,穿着西装在街上走。

"一路走去,一路便是笑骂的声音,有的还跟在后面骂:'这冒失鬼!''假洋鬼子!'

"我于是不穿洋服了,改了大衫,他们骂得更利害。

"在这日暮途穷的时候,我的手里才添出一支手杖来,拼命的打了几回,他们渐渐的不骂了。只是走到没有打过的生地方还是骂。

"这件事很使我悲哀,至今还时时记得哩。我在留学的时候,曾经看见日报上登载一个游历南洋和中国的本多博士[2]的事;这位博士是不懂中国和马来语的,人问他,你不懂话,怎么走路呢?他拿起手杖来说,这便是他们的话,他们都懂!我因此气愤了好几天,谁知道我竟不知不觉的自己也做了,而且那些人都懂了。……

---

1 邹容(1885—1905),字蔚丹,四川巴县人,清末革命家。关于邹容等剪留学生监督辫子一事,据章太炎所著《邹容传》记载:邹容在日本留学时,"陆军学生监督姚甲有奸私事,容偕五人排闼入其邸中,榜颊数十,持剪刀断其辫发。事觉,潜归上海。"

2 本多博士即本多静六(1866—1952),日本林学博士,著有《造林学》等书。

"宣统初年,我在本地的中学校做监学[1],同事是避之惟恐不远,官僚是防之惟恐不严,我终日如坐在冰窖子里,如站在刑场旁边,其实并非别的,只因为缺少了一条辫子!

"有一日,几个学生忽然走到我的房里来,说,'先生,我们要剪辫子了。'我说,'不行!''有辫子好呢,没有辫子好呢?''没有辫子好……''你怎么说不行呢?''犯不上,你们还是不剪上算,——等一等罢。'他们不说什么,撅着嘴唇走出房去,然而终于剪掉了。

"呵!不得了了,人言啧啧了;我却只装作不知道,一任他们光着头皮,和许多辫子一齐上讲堂。

"然而这剪辫病传染了;第三天,师范学堂的学生忽然也剪下了六条辫子,晚上便开除了六个学生。这六个人,留校不能,回家不得,一直挨到第一个双十节之后又一个多月,才消去了犯罪的火烙印。

"我呢?也一样,只是元年冬天到北京,还被人骂过几次,后来骂我的人也被警察剪去了辫子,我就不再被人辱骂了;但我没有到乡间去。"

N显出非常得意模样,忽而又沉下脸来:

"现在你们这些理想家,又在那里嚷什么女子剪发了,又要造出许多毫无所得而痛苦的人!

"现在不是已经有剪掉头发的女人,因此考不进学校去,或者被学校除了名么?

"改革么,武器在哪里?工读么,工厂在哪里?

"仍然留起,嫁给人家做媳妇去:忘却了一切还是幸福,倘使伊记着些平等自由的话,便要苦痛一生世!

---

[1] 监学:清末学校中负责管理学生的职员,一般也兼任教学工作。

"我要借了阿尔志跋绥夫[1]的话问你们:你们将黄金时代的出现预约给这些人们的子孙了,但有什么给这些人们自己呢?

"阿,造物的皮鞭没有到中国的脊梁上时,中国便永远是这一样的中国,决不肯自己改变一支毫毛!

"你们的嘴里既然并无毒牙,何以偏要在额上帖起'蝮蛇'两个大字,引乞丐来打杀?……"

N愈说愈离奇了,但一见到我不很愿听的神情,便立刻闭了口,站起来取帽子。

我说,"回去么?"

他答道,"是的,天要下雨了。"

我默默的送他到门口。

他戴上帽子说:

"再见!请你恕我打搅,好在明天便不是双十节,我们统可以忘却了。"

一九二〇年十月

---

1 阿尔志跋绥夫(1878—1927),俄国小说家。这里所引的话,见他的中篇小说《工人绥惠略夫》第九章。

风 波[1]

临河的土场上,太阳渐渐的收了他通黄的光线了。场边靠河的乌桕树叶,干巴巴的才喘过气来,几个花脚蚊子在下面哼着飞舞。面河的农家的烟突[2]里,逐渐减少了炊烟,女人孩子们都在自己门口的土场上波些水,放下小桌子和矮凳;人知道,这已经是晚饭的时候了。

老人男人坐在矮凳上,摇着大芭蕉扇闲谈,孩子飞也似的跑,或者蹲在乌桕树下赌玩石子。女人端出乌黑的蒸干菜和松花黄的米饭,热蓬蓬冒烟。河里驶过文人的酒船,文豪见了,大发诗兴,说,"无思无虑,这真是田家乐呵!"

但文豪的话有些不合事实,就因为他们没有听到九斤老太的话。这时候,九斤老太正在大怒,拿破芭蕉扇敲着凳脚说:

"我活到七十九岁了,活够了,不愿意眼见这些败家相,——还是死的好。立刻就要吃饭了,还吃炒豆子,吃穷了一家子!"

---

1 本篇最初发表于一九二〇年九月《新青年》第八卷第一号。
2 即烟囱,见于郁达夫《东梓关》和梁实秋《鸟》等。

伊的曾孙女儿六斤捏着一把豆，正从对面跑来，见这情形，便直奔河边，藏在乌桕树后，伸出双丫角的小头，大声说，"这老不死的！"

九斤老太虽然高寿，耳朵却还不很聋，但也没有听到孩子的话，仍旧自己说，"这真是一代不如一代！"

这村庄的习惯有点特别，女人生下孩子，多喜欢用秤称了轻重，便用斤数当作小名。九斤老太自从庆祝了五十大寿以后，便渐渐的变了不平家，常说伊年青的时候，天气没有现在这般热，豆子也没有现在这般硬；总之现在的时世是不对了。何况六斤比伊的曾祖，少了三斤，比伊父亲七斤，又少了一斤，这真是一条颠扑不破的实例。所以伊又用劲说，"这真是一代不如一代！"

伊的儿媳七斤嫂子正捧着饭篮走到桌边，便将饭篮在桌上一摔，愤愤的说，"你老人家又这么说了。六斤生下来的时候，不是六斤五两么？你家的秤又是私秤，加重称，十八两秤；用了准十六，我们的六斤该有七斤多哩。我想便是太公和公公，也不见得正是九斤八斤十足，用的秤也许是十四两……"

"一代不如一代！"

七斤嫂还没有答话，忽然看见七斤从小巷口转出，便移了方向，对他嚷道，"你这死尸怎么这时候才回来，死到哪里去了！不管人家等着你开饭！"

七斤虽然住在农村，却早有些飞黄腾达的意思。从他的祖父到他，三代不捏锄头柄了；他也照例的帮人撑着航船，每日一回，早晨从鲁镇进城，傍晚又回到鲁镇，因此很知道些时事：例如什么地方，雷公劈死了蜈蚣精；什么地方，闺女生了一个夜叉之类。他在村人里面，的确已经是一名出场人物了。但夏天吃饭不点灯，却还守着农家习惯，所以回家太迟,是该骂的。

七斤一手捏着象牙嘴白铜斗六尺多长的湘妃竹烟管,低着头,慢慢地走来,坐在矮凳上。六斤也趁势溜出,坐在他身边,叫他爹爹。七斤没有应。

"一代不如一代!"九斤老太说。

七斤慢慢地抬起头来,叹一口气说,"皇帝坐了龙庭了。"

七斤嫂呆了一刻,忽而恍然大悟的道,"这可好了,这不是又要皇恩大赦了么!"

七斤又叹一口气,说,"我没有辫子。"

"皇帝要辫子么?"

"皇帝要辫子。"

"你怎么知道呢?"七斤嫂有些着急,赶忙的问。

"咸亨酒店里的人,都说要的。"

七斤嫂这时从直觉上觉得事情似乎有些不妙了,因为咸亨酒店是消息灵通的所在。伊一转眼瞥见七斤的光头,便忍不住动怒,怪他恨他怨他;忽然又绝望起来,装好一碗饭,搡在七斤的面前道,"还是赶快吃你的饭罢!哭丧着脸,就会长出辫子来么?"

太阳收尽了他最末的光线了,水面暗暗地回复过凉气来;土场上一片碗筷声响,人人的脊梁上又都吐出汗粒。七斤嫂吃完三碗饭,偶然抬起头,心坎里便禁不住突突地发跳。伊透过乌柏叶,看见又矮又胖的赵七爷正从独木桥上走来,而且穿着宝蓝色竹布的长衫。

赵七爷是邻村茂源酒店的主人,又是这三十里方圆以内的唯一的出色人物兼学问家;因为有学问,所以又有些遗老的臭味。他有十多本金圣叹批评的《三国志》,时常坐着一个字一个字的读;他不但能说出五虎将姓名,甚而至于还知道黄忠表字汉升和马超表字孟起。革命以后,他便将辫子盘在顶上,像道士一般;常常叹息说,倘若赵子龙在世,天下便不会乱到这地步了。七斤嫂眼睛好,早望见今天的赵七爷已经不是道士,却变成光滑头皮,乌黑发顶;伊便知道这一定是皇帝坐了龙庭,而且一定须有辫子,而且七斤一定是非常危险。因为赵七爷的这件竹布长衫,轻易是不常穿的,三年以来,只穿过两次:一次是和他呕[1]气的麻子阿四病了的时候,一次是曾经砸烂他酒店的鲁大爷死了的时候;现在是第三次了,这一定又是于他有庆,于他的仇家有殃了。

七斤嫂记得,两年前七斤喝醉了酒,曾经骂过赵七爷是"贱胎",所以这时便立刻直觉到七斤的危险,心坎里突突地发起跳来。

赵七爷一路走来,坐着吃饭的人都站起身,拿筷子点着自己的饭碗说,"七爷,请在我们这里用饭!"七爷也一路点头,说道"请请",却一径走到七斤家的桌旁。七斤们连忙招呼,七爷也微笑着说"请请",一面细细的研究他们的饭菜。

"好香的干菜,——听到了风声了么?"赵七爷站在七斤的后面七斤嫂的对面说。

"皇帝坐了龙庭了。"七斤说。

七斤嫂看着七爷的脸,竭力陪笑[2]道,"皇帝已经坐了龙庭,几时皇恩大赦呢?"

"皇恩大赦?——大赦是慢慢的总要大赦罢。"七爷说到这里,声色忽然严厉起来,"但是你家七斤的辫子呢,辫子?这倒是要紧的事。

---

[1] 呕,古同"怄"。

[2] 见于清曹雪芹《红楼梦·第六回》:刘姥姥陪笑道:"我找太太的陪房周大爷的,烦哪位太爷替我请他老出来。"

你们知道：长毛时候，留发不留头，留头不留发，……"

七斤和他的女人没有读过书，不很懂得这古典的奥妙，但觉得有学问的七爷这么说，事情自然非常重大，无可挽回，便仿佛受了死刑宣告似的，耳朵里嗡的一声，再也说不出一句话。

"一代不如一代，——"九斤老太正在不平，趁这机会，便对赵七爷说，"现在的长毛，只是剪人家的辫子，僧不僧，道不道的。从前的长毛，这样的么？我活到七十九岁了，活够了。从前的长毛是——整匹的红缎子裹头，拖下去，拖下去，一直拖到脚跟；王爷是黄缎子，拖下去，黄缎子；红缎子，黄缎子，——我活够了，七十九岁了。"

七斤嫂站起身，自言自语的说，"这怎么好呢？这样的一班老小，都靠他养活的人，……"

赵七爷摇头道，"那也没法。没有辫子，该当何罪，书上都一条一条明明白白写着的。不管他家里有些什么人。"

七斤嫂听到书上写着，可真是完全绝望了；自己急得没法，便忽然又恨到七斤。伊用筷子指着他的鼻尖说，"这死尸自作自受！造反的时候，我本来说，不要撑船了，不要上城了。他偏要死进城去，滚进城去，进城便被人剪去了辫子。从前是绢光乌黑的辫子，现在弄得僧不僧道不道的。这囚徒自作自受，带累了我们又怎么说呢？这活死尸的囚徒……"

村人看见赵七爷到村，都赶紧吃完饭，聚在七斤家饭桌的周围。七斤自己知道是出场人物，被女人当大众这样辱骂，很不雅观，便只得抬起头，慢慢地说道：

"你今天说现成话，那时你……"

"你这活死尸的囚徒……"

看客中间，八一嫂是心肠最好的人，抱着伊的两周岁的遗腹子，正在七斤嫂身边看热闹;这时过意不去,连忙解劝说,"七斤嫂,算了罢。人不是神仙,谁知道未来事呢?便是七斤嫂,那时不也说,没有辫子倒也没有什么丑么?况且衙门里的大老爷也还没有告示,……"

七斤嫂没有听完,两个耳朵早通红了;便将筷子转过向来,指着八一嫂的鼻子,说,"阿呀,这是什么话呵!八一嫂,我自己看来倒还是一个人,会说出这样昏诞胡涂话么?那时我是,整整哭了三天,谁都看见;连六斤这小鬼也都哭,……"六斤刚吃完一大碗饭,拿了空碗,伸手去嚷着要添。七斤嫂正没好气,便用筷子在伊的双丫角中间,直扎下去,大喝道,"谁要你来多嘴!你这偷汉的小寡妇!"

扑的一声,六斤手里的空碗落在地上了,恰巧又碰着一块砖角,立刻破成一个很大的缺口。七斤直跳起来,捡起破碗,合上了检查一回,也喝道,"入娘的!"一巴掌打倒了六斤。六斤躺着哭,九斤老太拉了伊的手,连说着"一代不如一代",一同走了。

八一嫂也发怒,大声说,"七斤嫂,你'恨棒打人'……"

赵七爷本来是笑着旁观的;但自从八一嫂说了"衙门里的大老爷没有告示"这话以后,却有些生气了。这时他已经绕出桌旁,接着说,"'恨棒打人',算什么呢。大兵是就要到的。你可知道,这回保驾的是张大帅[1],张大帅就是燕人张翼德的后代,他一支丈八蛇矛,就有万夫不当之勇,谁能抵挡他,"他两手同时捏起空拳,仿佛握着无形的蛇矛模样,向八一嫂抢进几步道,"你能抵挡他么!"

八一嫂正气得抱着孩子发抖,忽然见赵七爷满脸油汗,瞪着眼,准

---

[1] 张大帅:指张勋(1854—1923),北洋军阀之一。原为清朝军官,辛亥革命后,他和所部官兵仍留着辫子,表示忠于清王朝,被称为辫子军。一九一七年七月一日他在北京扶持清废帝溥仪复辟,七月十二日即告失败。

对伊冲过来，便十分害怕，不敢说完话，回身走了。赵七爷也跟着走去，众人一面怪八一嫂多事，一面让开路，几个剪过辫子重新留起的便赶快躲在人丛后面，怕他看见。赵七爷也不细心察访，通过人丛，忽然转入乌桕树后，说道"你能抵挡他么！"跨上独木桥，扬长去了。

村人们呆呆站着，心里计算，都觉得自己确乎抵不住张翼德，因此也决定七斤便要没有性命。七斤既然犯了皇法，想起他往常对人谈论城中的新闻的时候，就不该含着长烟管显出那般骄傲模样，所以对于七斤的犯法，也觉得有些畅快。他们也仿佛想发些议论，却又觉得没有什么议论可发。嗡嗡的一阵乱嚷，蚊子都撞过赤膊身子，闯到乌桕树下去做市；他们也就慢慢地走散回家，关上门去睡觉。七斤嫂咕哝着，也收了家伙和桌子矮凳回家，关上门睡觉了。

七斤将破碗拿回家里，坐在门槛上吸烟；但非常忧愁，忘却了吸烟，象牙嘴六尺多长湘妃竹烟管的白铜斗里的火光，渐渐发黑了。他心里但觉得事情似乎十分危急，也想想些方法，想些计画，但总是非常模糊，贯穿不得："辫子呢辫子？丈八蛇矛。一代不如一代！皇帝坐龙庭。破的碗须得上城去钉好。谁能抵挡他？书上一条一条写着。入娘的！……"

第二日清晨，七斤依旧从鲁镇撑航船进城，傍晚回到鲁镇，又拿着六尺多长的湘妃竹烟管和一个饭碗回村。他在晚饭席上，对九斤老太说，这碗是在城内钉合的，因为缺口大，所以要十六个铜钉，三文一个，一总用了四十八文小钱。

九斤老太很不高兴的说，"一代不如一代，我是活够了。三文钱一个钉；从前的钉，这样的么？从前的钉是……我活了七十九岁了，——"

此后七斤虽然是照例日日进城，但家景总有些黯淡，村人大抵回避着，不再来听他从城内得来的新闻。七斤嫂也没有好声气，还时常叫他"囚徒"。

过了十多日，七斤从城内回家，看见他的女人非常高兴，问他说，"你在城里可听到些什么？"

"没有听到些什么。"

"皇帝坐了龙庭没有呢？"

"他们没有说。"

"咸亨酒店里也没有人说么？"

"也没人说。"

"我想皇帝一定是不坐龙庭了。我今天走过赵七爷的店前，看见他又坐着念书了，辫子又盘在顶上了，也没有穿长衫。"

"…………"

"你想，不坐龙庭了罢？"

"我想，不坐了罢。"

现在的七斤，是七斤嫂和村人又都早给他相当的尊敬，相当的待遇了。到夏天，他们仍旧在自家门口的土场上吃饭；大家见了，都笑嘻嘻的招呼。九斤老太早已做过八十大寿，仍然不平而且康健。六斤的双丫角，已经变成一支大辫子了；伊虽然新近裹脚，却还能帮同七斤嫂做事，捧着十八个铜钉[1]的饭碗，在土场上一瘸一拐的往来。

一九二〇年十月

---

1 作者在一九二六年十一月二十三日致李霁野的信中曾说："六斤家只有这一个钉过的碗，钉是十六或十八，我也记不清了。总之两数之一是错的，请改成一律。"

故　乡[1]

我冒了严寒,回到相隔二千余里,别了二十余年的故乡去。

时候既然是深冬;渐近故乡时,天气又阴晦了,冷风吹进船舱中,呜呜的响,从篷隙向外一望,苍黄的天底下,远近横着几个萧索的荒村,没有一些活气。我的心禁不住悲凉起来了。

阿! 这不是我二十年来时时记得的故乡?

我所记得的故乡全不如此。我的故乡好得多了。但要我记起他的美丽,说出他的佳处来,却又没有影像,没有言辞了。仿佛也就如此。于是我自己解释说:故乡本也如此,——虽然没有进步,也未必有如我所感的悲凉,这只是我自己心情的改变罢了,因为我这次回乡,本没有什么好心绪。

我这次是专为了别他而来的。我们多年聚族而居的老屋,已经公同卖给别姓了,交屋的期限,只在本年,所以必须赶在正月初一以前,永别了熟识的老屋,而且远离了熟识的故乡,搬家到我在谋食的异地去。

---

[1] 本篇最初发表于一九二一年五月《新青年》第九卷第一号。

第二日清早晨我到了我家的门口了。瓦楞上许多枯草的断茎当风抖着，正在说明这老屋难免易主的原因。几房的本家大约已经搬走了，所以很寂静。我到了自家的房外，我的母亲早已迎着出来了，接着便飞出了八岁的侄儿宏儿。

我的母亲很高兴，但也藏着许多凄凉的神情，教我坐下，歇息，喝茶，且不谈搬家的事。宏儿没有见过我，远远的对面站着只是看。

但我们终于谈到搬家的事。我说外间的寓所已经租定了，又买了几件家具，此外须将家里所有的木器卖去，再去增添。母亲也说好，而且行李也略已齐集，木器不便搬运的，也小半卖去了，只是收不起钱来。

"你休息一两天，去拜望亲戚本家一回，我们便可以走了。"母亲说。

"是的。"

"还有闰土，他每到我家来时，总问起你，很想见你一回面。我已经将你到家的大约日期通知他，他也许就要来了。"

这时候，我的脑里忽然闪出一幅神异的图画来：深蓝的天空中挂着一轮金黄的圆月，下面是海边的沙地，都种着一望无际的碧绿的西瓜，其间有一个十一二岁的少年，项带银圈，手捏一柄钢叉，向一匹猹[1]尽力的刺去，那猹却将身一扭，反从他的胯下逃走了。

这少年便是闰土。我认识他时，也不过十多岁，离现在将有三十年了；那时我的父亲还在世，家景也好，我正是一个少爷。那一年，我家是一件大祭祀的值年[2]。这祭祀，说是三十多年才能轮到一回，所以很郑重；

---

1 作者在一九二九年五月四日致舒新城的信中说："'猹'字是我据乡下人所说的声音，生造出来的，读如'查'。……现在想起来，也许是獾罢。"

2 大祭祀的值年：封建社会中的大家族，每年都有祭祀祖先的活动，费用从族中"祭产"收入支取，由各房按年轮流主持，轮到的称为"值年"。

正月里供祖像，供品很多，祭器很讲究，拜的人也很多，祭器也很要防偷去。我家只有一个忙月（我们这里给人做工的分三种：整年给一定人家做工的叫长年；按日给人做工的叫短工；自己也种地，只在过年过节以及收租时候来给一定人家做工的称忙月），忙不过来，他便对父亲说，可以叫他的儿子闰土来管祭器的。

我的父亲允许了；我也很高兴，因为我早听到闰土这名字，而且知道他和我仿佛年纪，闰月生的，五行缺土[1]，所以他的父亲叫他闰土。他是能装弶捉小鸟雀的。

我于是日日盼望新年，新年到，闰土也就到了。好容易到了年末，有一日，母亲告诉我，闰土来了，我便飞跑的去看。他正在厨房里，紫色的圆脸，头戴一顶小毡帽，颈上套一个明晃晃的银项圈，这可见他的父亲十分爱他，怕他死去，所以在神佛面前许下愿心，用圈子将他套住了。他见人很怕羞，只是不怕我，没有旁人的时候，便和我说话，于是不到半日，我们便熟识了。

我们那时候不知道谈些什么，只记得闰土很高兴，说是上城之后，见了许多没有见过的东西。

第二日，我便要他捕鸟。他说：

"这不能。须大雪下了才好。我们沙地上，下了雪，我扫出一块空地来，用短棒支起一个大竹匾，撒下秕谷，看鸟雀来吃时，我远远地将缚在棒上的绳子只一拉，那鸟雀就罩在竹匾下了。什么都有：稻鸡、角鸡、鹁鸪、蓝背……"

---

1 五行缺土：旧社会所谓算"八字"的迷信说法。八个字中没有属土的字，需用土或土作偏旁的字取名等办法来弥补。

我于是又很盼望下雪。

闰土又对我说：

"现在太冷，你夏天到我们这里来。我们日里到海边捡贝壳去，红的绿的都有，鬼见怕也有，观音手[1]也有。晚上我和爹管西瓜去，你也去。"

"管贼么？"

"不是。走路的人口渴了摘一个瓜吃，我们这里是不算偷的。要管的是獾猪、刺猬、猹。月亮地下，你听，啦啦的响了，猹在咬瓜了。你便捏了胡叉，轻轻地走去……"

我那时并不知道这所谓猹的是怎么一件东西——便是现在也没有知道——只是无端的觉得状如小狗而很凶猛。

"他不咬人么？"

"有胡叉呢。走到了，看见猹了，你便刺。这畜生很伶俐，倒向你奔来，反从胯下窜了。他的皮毛是油一般的滑……"

我素不知道天下有这许多新鲜事：海边有如许五色的贝壳；西瓜有这样危险的经历，我先前单知道他在水果店里出卖罢了。

"我们沙地里，潮汛要来的时候，就有许多跳鱼儿只是跳，都有青蛙似的两个脚……"

阿！闰土的心里有无穷无尽的希奇[2]的事，都是我往常的朋友所不知道的。他们不知道一些事，闰土在海边时，他们都和我一样只看见院子里高墙上的四角的天空。

可惜正月过去了，闰土须回家里去，我急得大哭，他也躲到厨房里，

---

[1] 都是小贝壳的名称。旧时浙江沿海的人把这种小贝壳用线串在一起，戴在孩子的手腕或脚踝上，认为可以"避邪"。这类名称多是根据"避邪"的意思取的。

[2] 希奇，旧同"稀奇"。

哭着不肯出门，但终于被他父亲带走了。他后来还托他的父亲带给我一包贝壳和几支很好看的鸟毛，我也曾送他一两次东西，但从此没有再见面。

现在我的母亲提起了他，我这儿时的记忆，忽而全都闪电似的苏生过来，似乎看到了我的美丽的故乡了。我应声说：

"这好极！他，——怎样？……"

"他？……他景况也很不如意……"母亲说着，便向房外看，"这些人又来了。说是买木器，顺手也就随便拿走的，我得去看看。"

母亲站起身，出去了。门外有几个女人的声音。我便招宏儿走近面前，和他闲话：问他可会写字，可愿意出门。

"我们坐火车去么？"

"我们坐火车去。"

"船呢？"

"先坐船，……"

"哈！这模样了！胡子这么长了！"一种尖利的怪声突然大叫起来。

我吃了一吓，赶忙抬起头，却见一个凸颧骨，薄嘴唇，五十岁上下的女人站在我面前，两手搭在髀间，没有系裙，张着两脚，正像一个画图仪器里细脚伶仃的圆规。

我愕然了。

"不认识了么？我还抱过你咧！"

我愈加愕然了。幸而我的母亲也就进来，从旁说：

"他多年出门，统忘却了。你该记得罢，"便向着我说，"这是斜对门的杨二嫂，……开豆腐店的。"

哦，我记得了。我孩子时候，在斜对门的豆腐店里确乎终日坐着一个杨二嫂，人都叫伊"豆腐西施"[1]。但是擦着白粉，颧骨没有这么高，嘴唇也没有这么薄，而且终日坐着，我也从没有见过这圆规式的姿势。那时人说：因为伊，这豆腐店的买卖非常好。但这大约因为年龄的关系，我却并未蒙着一毫感化，所以竟完全忘却了。然而圆规很不平，显出鄙夷的神色，仿佛嗤笑法国人不知道拿破仑，美国人不知道华盛顿似的，冷笑说：

"忘了？这真是贵人眼高……"

"哪有这事……我……"我惶恐着，站起来说。

"那么，我对你说。迅哥儿，你阔了，搬动又笨重，你还要什么这些破烂木器，让我拿去罢。我们小户人家，用得着。"

"我并没有阔哩。我须卖了这些，再去……"

"阿呀呀，你放了道台[2]了，还说不阔？你现在有三房姨太太；出门便是八抬的大轿，还说不阔？吓，什么都瞒不过我。"

我知道无话可说了，便闭了口，默默的站着。

"阿呀阿呀，真是愈有钱，便愈是一毫不肯放松，愈是一毫不肯放松，便愈有钱……"圆规一面愤愤的回转身，一面絮絮的说，慢慢向外走，顺便将我母亲的一副手套塞在裤腰里，出去了。

此后又有近处的本家和亲戚来访问我。我一面应酬，偷空便收拾些行李，这样的过了三四天。

一日是天气很冷的午后，我吃过午饭，坐着喝茶，觉得外面有人进

---

1 西施：春秋时越国的美女，后来用以泛指美女。

2 道台：清朝官职道员的俗称，分总管一个区域行政职务的道员和专掌某一特定职务的道员。前者是省以下、府州以上的行政长官；后者掌管一省特定事务，如督粮道、兵备道等。辛亥革命后，北洋军阀政府也曾沿用此制，改称道尹。

来了,便回头去看。我看时,不由的非常出惊,慌忙站起身,迎着走去。

这来的便是闰土。虽然我一见便知道是闰土,但又不是我这记忆上的闰土了。他身材增加了一倍;先前的紫色的圆脸,已经变作灰黄,而且加上了很深的皱纹;眼睛也像他父亲一样,周围都肿得通红,这我知道,在海边种地的人,终日吹着海风,大抵是这样的。他头上是一顶破毡帽,身上只一件极薄的棉衣,浑身瑟索着;手里提着一个纸包和一支长烟管,那手也不是我所记得的红活圆实的手,却又粗又笨而且开裂,像是松树皮了。

我这时很兴奋,但不知道怎么说才好,只是说:

"阿!闰土哥,——你来了?……"

我接着便有许多话,想要连珠一般涌出:角鸡、跳鱼儿、贝壳、猹,……但又总觉得被什么挡着似的,单在脑里面回旋,吐不出口外去。

他站住了,脸上现出欢喜和凄凉的神情;动着嘴唇,却没有作声。他的态度终于恭敬起来了,分明的叫道:

"老爷!……"

我似乎打了一个寒噤;我就知道,我们之间已经隔了一层可悲的厚障壁了。我也说不出话。

他回过头去说,"水生,给老爷磕头。"便拖出躲在背后的孩子来,这正是一个廿年前的闰土,只是黄瘦些,颈子上没有银圈罢了。"这是第五个孩子,没有见过世面,躲躲闪闪……"

母亲和宏儿下楼来了,他们大约也听到了声音。

"老太太。信是早收到了。我实在喜欢的不得了,知道老爷回来……"闰土说。

"阿,你怎的这样客气起来。你们先前不是哥弟称呼么?还是照旧:

迅哥儿。"母亲高兴的说。

"阿呀，老太太真是……这成什么规矩。那时是孩子，不懂事……"闰土说着，又叫水生上来打拱，那孩子却害羞，紧紧的只贴在他背后。

"他就是水生？第五个？都是生人，怕生也难怪的；还是宏儿和他去走走。"母亲说。

宏儿听得这话，便来招水生，水生却松松爽爽同他一路出去了。母亲叫闰土坐，他迟疑了一回，终于就了坐，将长烟管靠在桌旁，递过纸包来，说：

"冬天没有什么东西了。这一点干青豆倒是自家晒在那里的，请老爷……"

我问问他的景况。他只是摇头。

"非常难。第六个孩子也会帮忙了，却总是吃不够……又不太平……什么地方都要钱，没有定规……收成又坏。种出东西来，挑去卖，总要捐几回钱，折了本；不去卖，又只能烂掉……"

他只是摇头；脸上虽然刻着许多皱纹，却全然不动，仿佛石像一般。他大约只是觉得苦，却又形容不出，沉默了片时，便拿起烟管来默默的吸烟了。

母亲问他，知道他的家里事务忙，明天便得回去；又没有吃过午饭，便叫他自己到厨下炒饭吃去。

他出去了；母亲和我都叹息他的景况：多子、饥荒、苛税、兵、匪、官、绅，都苦得他像一个木偶人了。母亲对我说，凡是不必搬走的东西，尽可以送他，可以听他自己去拣择。

下午，他拣好了几件东西：两条长桌、四个椅子、一副香炉和烛台、一杆抬秤。他又要所有的草灰（我们这里煮饭是烧稻草的，那灰，可以做沙地的肥料），待我们启程的时候，他用船来载去。

夜间，我们又谈些闲天，都是无关紧要的话；第二天早晨，他就领了水生回去了。

又过了九日，是我们启程的日期。闰土早晨便到了，水生没有同来，却只带着一个五岁的女儿管船只。我们终日很忙碌，再没有谈天的工夫。来客也不少，有送行的，有拿东西的，有送行兼拿东西的。待到傍晚我们上船的时候，这老屋里的所有破旧大小粗细东西，已经一扫而空了。

我们的船向前走，两岸的青山在黄昏中，都装成了深黛颜色，连着退向船后梢去。

宏儿和我靠着船窗，同看外面模糊的风景，他忽然问道：

"大伯！我们什么时候回来？"

"回来？你怎么还没有走就想回来了。"

"可是，水生约我到他家玩去咧……"他睁着大的黑眼睛，痴痴的想。

我和母亲也都有些惘然，于是又提起闰土来。母亲说，那豆腐西施的杨二嫂，自从我家收拾行李以来，本是每日必到的，前天伊在灰堆里，掏出十多个碗碟来，议论之后，便定说是闰土埋着的，他可以在运灰的时候，一齐搬回家里去；杨二嫂发现了这件事，自己很以为功，便拿了那狗气杀（这是我们这里养鸡的器具，木盘上面有着栅栏，内盛食料，鸡可以伸进颈子去啄，狗却不能，只能看着气死），飞也似的跑了，亏伊装着这么高低的小脚，竟跑得这样快。

老屋离我愈远了；故乡的山水也都渐渐远离了我，但我却并不感到怎样的留恋。我只觉得我四面有看不见的高墙，将我隔成孤身，使我非常气闷；那西瓜地上的银项圈的小英雄的影像，我本来十分清楚，现在却忽地模糊了，又使我非常的悲哀。

母亲和宏儿都睡着了。

我躺着，听船底潺潺的水声，知道我在走我的路。我想：我竟与闰土隔绝到这地步了，但我们的后辈还是一气，宏儿不是正在想念水生么。我希望他们不再像我，又大家隔膜起来……然而我又不愿意他们因为要一气，都如我的辛苦展转而生活，也不愿意他们都如闰土的辛苦麻木而生活，也不愿意都如别人的辛苦恣睢而生活。他们应该有新的生活，为我们所未经生活过的。

我想到希望，忽然害怕起来了。闰土要香炉和烛台的时候，我还暗地里笑他，以为他总是崇拜偶像，什么时候都不忘却。现在我所谓希望，不也是我自己手制的偶像么？只是他的愿望切近，我的愿望茫远罢了。

我在朦胧中，眼前展开一片海边碧绿的沙地来，上面深蓝的天空中挂着一轮金黄的圆月。我想：希望本是无所谓有，无所谓无的。这正如地上的路；其实地上本没有路，走的人多了，也便成了路。

一九二一年一月

阿Q正传[1]

第一章　序

　　我要给阿Q做正传,已经不止一两年了。但一面要做,一面又往回想,这足见我不是一个"立言"[2]的人,因为从来不朽之笔,须传不朽之人,于是人以文传,文以人传——究竟谁靠谁传,渐渐的不甚了然起来,而终于归结到传阿Q,仿佛思想里有鬼似的。

　　然而要做这一篇速朽的文章,才下笔,便感到万分的困难了。第一是文章的名目。孔子曰,"名不正则言不顺"[3]。这原是应该极注意的。传的名目很繁多:列传、自传、内传[4]、外传、别传、家传、小传……,

---

1　本篇最初分章发表于北京《晨报副刊》,自一九二一年十二月四日起至一九二二年二月十二日止,每周或隔周刊登一次,署名巴人。

2　立言:我国古代所谓"三不朽"之一。《左传》襄公二十四年载鲁国大夫叔孙豹的话:"大上有立德,其次有立功,其次有立言,虽久不废,此之谓不朽。"

3　语见《论语·子路》。

4　内传:小说体传记的一种。作者在一九三一年三月三日给《阿Q正传》日译者山上正义的校释中说:"昔日道士写仙人的事多以'内传'题名。"

而可惜都不合。"列传"么，这一篇并非和许多阔人排在"正史"[1]里；"自传"么，我又并非就是阿Q。说是"外传""内传"在哪里呢？倘用"内传"，阿Q又决不是神仙。"别传"呢，阿Q实在未曾有大总统上谕宣付国史馆立"本传"[2]——虽说英国正史上并无"博徒列传"，而文豪迭更司[3]也做过《博徒别传》这一部书，但文豪则可，在我辈却不可。其次是"家传"，则我既不知与阿Q是否同宗，也未曾受他子孙的拜托；或"小传"，则阿Q又更无别的"大传"了。总而言之，这一篇也便是"本传"，但从我的文章着想，因为文体卑下，是"引车卖浆者流"所用的话[4]，所以不敢僭称，便从不入三教九流的小说家[5]所谓"闲话休题言归正传"这一句套话里，取出"正传"两个字来，作为名目，即使与古人所撰《书法正传》[6]的"正传"字面上很相混，也顾不得了。

第二，立传的通例，开首大抵该是"某，字某，某地人也"，而我并不知道阿Q姓什么。有一回，他似乎是姓赵，但第二日便模糊了。

---

1 正史：封建时代由官方撰修或认可的史书。清代乾隆时规定自《史记》至《明史》历代二十四部纪传体史书为"正史"。"正史"中的"列传"部分，一般都是著名人物的传记。

2 宣付国史馆立"本传"：旧时效忠于统治阶级的重要人物或所谓名人，死后由政府明令褒扬，令文末常有"宣付国史馆立传"的话。

3 迭更司（1812—1870）：通译狄更斯，英国小说家。著有《大卫·科波菲尔》《双城记》等。《博徒别传》原名《劳特奈·斯吞》，英国小说家柯南·道尔（1859—1930）著。鲁迅在一九二六年八月八日致韦素园信中曾说："《博徒别传》是 Rodney Stone 的译名，但是 C.Doyle 做的。《阿Q正传》中说是迭更司作，乃是我误记。"

4 指白话文，这是当时林琴南攻击白话文的用语。

5 不入三教九流的小说家：三教，指儒教、佛教、道教；九流，即九家。《汉书·艺文志》中分古代诸子为十家：儒家、道家、阴阳家、法家、名家、墨家、纵横家、杂家、农家、小说家，并说："诸子十家，其可观者九家而已。""小说家者流，盖出于稗官。街谈巷语，道听途说者之所造也。……是以君子弗为也。"

6 《书法正传》：清代冯武著，共十卷，一部关于书法的书。这里的"正传"是"正确的传授"的意思。

那是赵太爷的儿子进了秀才的时候，锣声镗镗的报到村里来，阿Q正喝了两碗黄酒，便手舞足蹈的说，这于他也很光采，因为他和赵太爷原来是本家，细细的排起来他还比秀才长三辈呢。其时几个旁听人倒也肃然的有些起敬了。哪知道第二天，地保便叫阿Q到赵太爷家里去；太爷一见，满脸溅朱，喝道：

"阿Q，你这浑小子！你说我是你的本家么？"

阿Q不开口。

赵太爷愈看愈生气了，抢进几步说："你敢胡说！我怎么会有你这样的本家？你姓赵么？"

阿Q不开口，想往后退了；赵太爷跳过去，给了他一个嘴巴。

"你怎么会姓赵！——你哪里配姓赵！"

阿Q并没有抗辩他确凿姓赵，只用手摸着左颊，和地保退出去了；外面又被地保训斥了一番，谢了地保二百文酒钱。知道的人都说阿Q太荒唐，自己去招打；他大约未必姓赵，即使真姓赵，有赵太爷在这里，也不该如此胡说的。此后便再没有人提起他的氏族来，所以我终于不知道阿Q究竟什么姓。

第三，我又不知道阿Q的名字是怎么写的。他活着的时候，人都叫他阿Quei，死了以后，便没有一个人再叫阿Quei了，哪里还会有"著之竹帛"[1]的事。若论"著之竹帛"，这篇文章要算第一次，所以先遇着了这第一个难关。我曾仔细想：阿Quei，阿桂还是阿贵呢？倘使他号月亭，或者在八月间做过生日，那一定是阿桂了；而他既没有号——也许有号，只是没有人知道他，——又未尝散过生日征文的帖子：写作

---

[1] 语出《吕氏春秋·仲春纪》："故使庄王功迹，著乎竹帛，传乎后世。"

阿桂,是武断的。又倘使他有一位老兄或令弟叫阿富,那一定是阿贵了;而他又只是一个人:写作阿贵,也没有佐证的。其余音些Quei的偏僻字样,更加凑不上了。先前,我也曾问过赵太爷的儿子茂才[1]先生,谁料博雅如此公,竟也茫然,但据结论说,是因为陈独秀办了《新青年》提倡洋字[2],所以国粹沦亡,无可查考了。我的最后的手段,只有托一个同乡去查阿Q犯事的案卷,八个月之后才有回信,说案卷里并无与阿Quei的声音相近的人。我虽不知道是真没有,还是没有查,然而也再没有别的方法了。生怕注音字母还未通行,只好用了"洋字",照英国流行的拼法写他为阿Quei,略作阿Q。这近于盲从《新青年》,自己也很抱歉,但茂才公尚且不知,我还有什么好办法呢。

第四,是阿Q的籍贯了。倘他姓赵,则据现在好称郡望的老例,可以照《郡名百家姓》[3]上的注解,说是"陇西天水人也",但可惜这姓是不甚可靠的,因此籍贯也就有些决不定。他虽然多住未庄,然而也常常宿在别处,不能说是未庄人,即使说是"未庄人也",也仍然有乖史法的。

我所聊以自慰的,是还有一个"阿"字非常正确,绝无附会假借的缺点,颇可以就正于通人。至于其余,却都非浅学所能穿凿,只希

---

1 茂才:即秀才。东汉时,因为避光武帝刘秀的名讳,改秀才为茂才;后来有时也沿用作秀才的别称。

2 指一九一八年前后钱玄同等人在《新青年》杂志上开展关于废除汉字,改用罗马字母拼音的讨论一事。一九三一年三月三日作者在给山上正义的校释中说:"主张使用罗马字母的是钱玄同,这里说是陈独秀,系茂才公之误。"

3 《郡名百家姓》在每一姓上都附注郡(古代地方区域的名称)名,表示某姓望族曾居古代某地,如赵为"天水",钱为"彭城"之类。

望有"历史癖与考据癖"的胡适之¹先生的门人们,将来或者能够寻出许多新端绪来,但是我这《阿Q正传》到那时却又怕早经消灭了。

以上可以算是序。

第二章　优胜记略

阿Q不独是姓名籍贯有些渺茫,连他先前的"行状"²也渺茫。因为未庄的人们之于阿Q,只要他帮忙,只拿他玩笑,从来没有留心他的"行状"的。而阿Q自己也不说,独有和别人口角的时候,间或瞪着眼睛道:

"我们先前——比你阔的多啦!你算是什么东西!"

阿Q没有家,住在未庄的土谷祠³里;也没有固定的职业,只给人家做短工,割麦便割麦,舂米便舂米,撑船便撑船。工作略长久时,他也或住在临时主人的家里,但一完就走了。所以,人们忙碌的时候,也还记起阿Q来,然而记起的是做工,并不是"行状";一闲空,连阿Q都早忘却,更不必说"行状"了。只是有一回,有一个老头子颂扬说:"阿Q真能做!"这时阿Q赤着膊,懒洋洋的瘦骨伶仃的正在他面前,别人也摸不着这话是真心还是讥笑,然而阿Q很喜欢。

阿Q又很自尊,所有未庄的居民,全不在他眼神里,甚而至于对于两位"文童"⁴也有以为不值一笑的神情。夫文童者,将来恐怕要变

1　胡适之即胡适(1891—1962)。他在一九二〇年七月所作《〈水浒传〉考证》中自称"有历史癖与考据癖"。

2　行状:泛指人的品行业绩。

3　土谷祠即土地庙。土谷,指土地神和五谷神。

4　文童也称"童生",指科举时代习举业而尚未考取秀才的人。

秀才者也；赵太爷钱太爷大受居民的尊敬，除有钱之外，就因为都是文童的爹爹，而阿Q在精神上独不表格外的崇奉，他想：我的儿子会阔得多啦！加以进了几回城，阿Q自然更自负，然而他又很鄙薄城里人，譬如用三尺三寸宽的木板做成的凳子，未庄人叫"长凳"，他也叫"长凳"，城里人却叫"条凳"，他想：这是错的，可笑！油煎大头鱼，未庄都加上半寸长的葱叶，城里却加上切细的葱丝，他想：这也是错的，可笑！然而未庄人真是不见世面的可笑的乡下人呵，他们没有见过城里的煎鱼！

阿Q"先前阔"，见识高，而且"真能做"，本来几乎是一个"完人"了，但可惜他体质上还有一些缺点。最恼人的是在他头皮上，颇有几处不知始于何时的癞疮疤。这虽然也在他身上，而看阿Q的意思，倒也似乎以为不足贵的，因为他讳说"癞"以及一切近于"赖"的音，后来推而广之，"光"也讳，"亮"也讳，再后来，连"灯""烛"都讳了。一犯讳，不问有心与无心，阿Q便全疤通红的发起怒来，估量了对手，口讷的他便骂，气力小的他便打；然而不知怎么一回事，总还是阿Q吃亏的时候多。于是他渐渐的变换了方针，大抵改为怒目而视了。

谁知道阿Q采用怒目主义之后，未庄的闲人们便愈喜欢玩笑他。一见面，他们便假作吃惊的说："哙，亮起来了。"

阿Q照例的发了怒，他怒目而视了。

"原来有保险灯在这里！"他们并不怕。

阿Q没有法，只得另外想出报复的话来："你还不配……"

这时候，又仿佛在他头上的是一种高尚的光荣的癞头疮，并非平常的癞头疮了；但上文说过，阿Q是有见识的，他立刻知道和"犯忌"有点抵触，便不再往底下说。

闲人还不完，只撩他，于是终而至于打。阿Q在形式上打败了，被人揪住黄辫子，在壁上碰了四五个响头，闲人这才心满意足的得胜的走了，阿Q站了一刻，心里想，"我总算被儿子打了，现在的世界真不像样……"于是也心满意足的得胜的走了。

阿Q想在心里的，后来每每说出口来，所以凡是和阿Q玩笑的人们，几乎全知道他有这一种精神上的胜利法，此后每逢揪住他黄辫子的时候，人就先一着对他说：

"阿Q，这不是儿子打老子，是人打畜生。自己说：人打畜生！"

阿Q两只手都捏住了自己的辫根，歪着头，说道：

"打虫豸，好不好？我是虫豸——还不放么？"

但虽然是虫豸，闲人也并不放，仍旧在就近什么地方给他碰了五六个响头，这才心满意足的得胜的走了，他以为阿Q这回可遭了瘟。然而不到十秒钟，阿Q也心满意足的得胜的走了，他觉得他是第一个能够自轻自贱的人，除了"自轻自贱"不算外，余下的就是"第一个"。状元不也是"第一个"么？"你算是什么东西"呢？！

阿Q以如是等等妙法克服怨敌之后，便愉快的跑到酒店里喝几碗酒，又和别人调笑一通，口角一通，又得了胜，愉快的回到土谷祠，放倒头睡着了。假使有钱，他便去押牌宝[1]，一堆人蹲在地面上，阿Q即汗流满面的夹在这中间，声音他最响：

"青龙四百！"

"咳～～开～～啦！"桩家揭开盒子盖，也是汗流满面的唱。"天门啦～～角回啦～～！人和穿堂空在哪里啦～～！阿Q的铜钱拿

---

[1] 押牌宝：一种赌博。赌局中为主的人叫"桩家"；下文的"青龙""天门""穿堂"等都是押牌宝的用语，指押赌注的位置；"四百""一百五十"是押赌注的钱数。

过来~~！"

"穿堂一百——一百五十！"

阿Q的钱便在这样的歌吟之下，渐渐的输入别个汗流满面的人物的腰间。他终于只好挤出堆外，站在后面看，替别人着急，一直到散场，然后恋恋的回到土谷祠，第二天，肿着眼睛去工作。

但真所谓"塞翁失马安知非福"罢，阿Q不幸而赢了一回，他倒几乎失败了。

这是未庄赛神[1]的晚上。这晚上照例有一台戏，戏台左近，也照例有许多的赌摊。做戏的锣鼓，在阿Q耳朵里仿佛在十里之外；他只听得桩家的歌唱了。他赢而又赢，铜钱变成角洋，角洋变成大洋，大洋又成了叠。他兴高采烈得非常：

"天门两块！"

他不知道谁和谁为什么打起架来了。骂声打声脚步声，昏头昏脑的一大阵，他才爬起来，赌摊不见了，人们也不见了，身上有几处很似乎有些痛，似乎也挨了几拳几脚似的，几个人诧异的对他看。他如有所失的走进土谷祠，定一定神，知道他的一堆洋钱不见了。赶赛会的赌摊多不是本村人，还到哪里去寻根柢呢？

很白很亮的一堆洋钱！而且是他的——现在不见了！说是算被儿子拿去了罢，总还是忽忽不乐；说自己是虫豸罢，也还是忽忽不乐：他这回才有些感到失败的苦痛了。

但他立刻转败为胜了。他擎起右手，用力的在自己脸上连打了两个嘴巴，热剌剌的有些痛；打完之后，便心平气和起来，似乎打的是自己，

---

[1] 赛神即迎神赛会，旧时的一种迷信习俗。以鼓乐仪仗和杂戏等迎神出庙，周游街巷，以酬神祈福。

被打的是别一个自己,不久也就仿佛是自己打了别个一般,——虽然还有些热剌剌,——心满意足的得胜的躺下了。

他睡着了。

第三章　续优胜记略

然而阿Q虽然常优胜,却直待蒙赵太爷打他嘴巴之后,这才出了名。

他付过地保二百文酒钱,愤愤的躺下了,后来想:"现在的世界太不成话,儿子打老子……"于是忽而想到赵太爷的威风,而现在是他的儿子了,便自己也渐渐的得意起来,爬起身,唱着《小孤孀上坟》[1]到酒店去。这时候,他又觉得赵太爷高人一等了。

说也奇怪,从此之后,果然大家也仿佛格外尊敬他。这在阿Q,或者以为因为他是赵太爷的父亲,而其实也不然。未庄通例,倘如阿七打阿八,或者李四打张三,向来本不算一件事,必须与一位名人如赵太爷者相关,这才载上他们的口碑。一上口碑,则打的既有名,被打的也就托庇有了名。至于错在阿Q,那自然是不必说。所以者何?就因为赵太爷是不会错的。但他既然错,为什么大家又仿佛格外尊敬他呢?这可难解,穿凿起来说,或者因为阿Q说是赵太爷的本家,虽然挨了打,大家也还怕有些真,总不如尊敬一些稳当。否则,也如孔庙里的太牢[2]一般,虽然与猪羊一样,同是畜生,但既经圣人下箸,先儒们便不敢妄动了。

阿Q此后倒得意了许多年。

1　《小孤孀上坟》:当时流行的一出绍兴地方戏。

2　太牢:按古代祭礼,原指牛、羊、豕三牲,但后来单称牛为太牢。

有一年的春天,他醉醺醺的在街上走,在墙根的日光下,看见王胡在那里赤着膊捉虱子,他忽然觉得身上也痒起来了。这王胡,又癞又胡,别人都叫他王癞胡,阿Q却删去了一个癞字,然而非常渺视[1]他。阿Q的意思,以为癞是不足为奇的,只有这一部络腮胡子,实在太新奇,令人看不上眼。他于是并排坐下去了。倘是别的闲人们,阿Q本不敢大意坐下去。但这王胡旁边,他有什么怕呢?老实说:他肯坐下去,简直还是抬举他。

阿Q也脱下破夹袄来,翻检了一回,不知道因为新洗呢还是因为粗心,许多工夫,只捉到三四个。他看那王胡,却是一个又一个,两个又三个,只放在嘴里毕毕剥剥的响。

阿Q最初是失望,后来却不平了:看不上眼的王胡尚且那么多,自己倒反这样少,这是怎样的大失体统的事呵!他很想寻一两个大的,然而竟没有,好容易才捉到一个中的,恨恨的塞在厚嘴唇里,狠命一咬,劈的一声,又不及王胡的响。

他癞疮疤块块通红了,将衣服摔在地上,吐一口唾沫,说:

"这毛虫!"

"癞皮狗,你骂谁?"王胡轻蔑的抬起眼来说。

阿Q近来虽然比较的受人尊敬,自己也更高傲些,但和那些打惯的闲人们见面还胆怯,独有这回却非常武勇了。这样满脸胡子的东西,也敢出言无状么?

"谁认便骂谁!"他站起来,两手叉在腰间说。

"你的骨头痒了么?"王胡也站起来,披上衣服说。

---

1 见于明罗贯中《三国演义·第十六回》:布骂曰:"环眼贼!你累次渺视我!"

阿Q以为他要逃了,抢进去就是一拳。这拳头还未达到身上,已经被他抓住了,只一拉,阿Q跄跄踉踉的跌进去,立刻又被王胡扭住了辫子,要拉到墙上照例去碰头。

"'君子动口不动手'!"阿Q歪着头说。

王胡似乎不是君子,并不理会,一连给他碰了五下,又用力的一推,至于阿Q跌出六尺多远,这才满足的去了。

在阿Q的记忆上,这大约要算是生平第一件的屈辱,因为王胡以络腮胡子的缺点,向来只被他奚落,从没有奚落他,更不必说动手了。而他现在竟动手,很意外,难道真如市上所说,皇帝已经停了考[1],不要秀才和举人了,因此赵家减了威风,因此他们也便小觑了他么?

阿Q无可适从的站着。

远远的走来了一个人,他的对头又到了。这也是阿Q最厌恶的一个人,就是钱太爷的大儿子。他先前跑上城里去进洋学堂,不知怎么又跑到东洋去了,半年之后他回到家里来,腿也直了,辫子也不见了,他的母亲大哭了十几场,他的老婆跳了三回井。后来,他的母亲到处说,"这辫子是被坏人灌醉了酒剪去的。本来可以做大官,现在只好等留长再说了。"然而阿Q不肯信,偏称他"假洋鬼子",也叫作"里通外国的人",一见他,一定在肚子里暗暗的咒骂。

阿Q尤其"深恶而痛绝之"的,是他的一条假辫子。辫子而至于假,就是没了做人的资格;他的老婆不跳第四回井,也不是好女人。

这"假洋鬼子"近来了。

"秃儿。驴……"阿Q历来本只在肚子里骂,没有出过声,这回

---

1 指光绪三十一年(1905),清政府下令自丙午科起,废止科举考试。

因为正气忿,因为要报仇,便不由的轻轻的说出来了。

不料这秃儿却拿着一支黄漆的棍子——就是阿Q所谓哭丧棒[1]——大踏步走了过来。阿Q在这刹那,便知道大约要打了,赶紧抽紧筋骨,耸了肩膀等候着,果然,拍的一声,似乎确凿打在自己头上了。

"我说他!"阿Q指着近旁的一个孩子,分辩说。

拍!拍拍!

在阿Q的记忆上,这大约要算是生平第二件的屈辱。幸而拍拍的响了之后,于他倒似乎完结了一件事,反而觉得轻松些,而且"忘却"这一件祖传的宝贝也发生了效力,他慢慢的走,将到酒店门口,早已有些高兴了。

但对面走来了静修庵里的小尼姑。阿Q便在平时,看见伊也一定要唾骂,而况在屈辱之后呢?他于是发生了回忆,又发生了敌忾了。

"我不知道我今天为什么这样晦气,原来就因为见了你!"他想。

他迎上去,大声的吐一口唾沫:

"咳,呸!"

小尼姑全不睬,低了头只是走。阿Q走近伊身旁,突然伸出手去摩着伊新剃的头皮,呆笑着,说:

"秃儿!快回去,和尚等着你……"

"你怎么动手动脚……"尼姑满脸通红的说,一面赶快走。

酒店里的人大笑了。阿Q看见自己的勋业得了赏识,便愈加兴高采烈起来:

"和尚动得,我动不得?"他扭住伊的面颊。

---

[1] 哭丧棒:旧时在为父母送殡时,儿子须手拄"孝杖",以表示悲痛难支。

酒店里的人大笑了。阿Q更得意,而且为了满足那些赏鉴家起见,再用力的一拧,才放手。

他这一战,早忘却了王胡,也忘却了假洋鬼子,似乎对于今天的一切"晦气"都报了仇;而且奇怪,又仿佛全身比拍拍的响了之后轻松,飘飘然的似乎要飞去了。

"这断子绝孙的阿Q!"远远地听得小尼姑的带哭的声音。

"哈哈哈!"阿Q十分得意的笑。

"哈哈哈!"酒店里的人也九分得意的笑。

第四章 恋爱的悲剧

有人说:有些胜利者,愿意敌手如虎、如鹰,他才感得胜利的欢喜;假使如羊、如小鸡,他便反觉得胜利的无聊。又有些胜利者,当克服一切之后,看见死的死了,降的降了,"臣诚惶诚恐死罪死罪",他于是没有了敌人,没有了对手,没有了朋友,只有自己在上,一个,孤另另,凄凉,寂寞,便反而感到了胜利的悲哀。然而我们的阿Q却没有这样乏,他是永远得意的:这或者也是中国精神文明冠于全球的一个证据了。

看哪,他飘飘然的似乎要飞去了!

然而这一次的胜利,却又使他有些异样。他飘飘然的飞了大半天,飘进土谷祠,照例应该躺下便打鼾。谁知道这一晚,他很不容易合眼,他觉得自己的大拇指和第二指有点古怪:仿佛比平常滑腻些。不知道是小尼姑的脸上有一点滑腻的东西粘在他指上,还是他的指头在小尼姑脸上磨得滑腻了?……

"断子绝孙的阿Q!"

阿Q的耳朵里又听到这句话。他想：不错，应该有一个女人，断子绝孙便没有人供一碗饭，……应该有一个女人。夫"不孝有三无后为大"，而"若敖之鬼馁而"[1]，也是一件人生的大哀，所以他那思想，其实是样样合于圣经贤传的，只可惜后来有些"不能收其放心"[2]了。

"女人，女人！……"他想。

"……和尚动得……女人，女人！……女人！"他又想。

我们不能知道这晚上阿Q在什么时候才打鼾。但大约他从此总觉得指头有些滑腻，所以他从此总有些飘飘然；"女……"他想。

即此一端，我们便可以知道女人是害人的东西。

中国的男人，本来大半都可以做圣贤，可惜全被女人毁掉了。商是妲己闹亡的；周是褒姒弄坏的；秦……虽然史无明文，我们也假定他因为女人，大约未必十分错；而董卓可是的确给貂蝉害死了。

阿Q本来也是正人，我们虽然不知道他曾蒙什么明师指授过，但他对于"男女之大防"[3]却历来非常严；也很有排斥异端——如小尼姑及假洋鬼子之类——的正气。他的学说是：凡尼姑，一定与和尚私通；一个女人在外面走，一定想引诱野男人；一男一女在那里讲话，一定要有勾当了。为惩治他们起见，所以他往往怒目而视，或者大声说几句"诛心"[4]话，或者在冷僻处，便从后面掷一块小石头。

---

1 语出《左传》宣公四年：楚国司马子良（若敖氏）的儿子越椒长相凶恶，子良的哥哥子文认为越椒长大后会招致灭族之祸，要子良杀死他。子良没有依从。子文临死时说："鬼犹求食，若敖氏之鬼，不其馁而。"意思是若敖氏以后没有子孙供饭，鬼魂都要挨饿了。

2 语出《尚书·毕命》："虽收放心，闲之维艰。"

3 指封建礼教对男女之间所规定的严格界限，如"男子居外，女子居内"（《礼记·内则》），"男女授受不亲"（《孟子·离娄》），等等。

4 "诛心"犹"诛意"，指不问实际情形如何而主观地推究别人的居心。

谁知道他将到"而立"[1]之年，竟被小尼姑害得飘飘然了。这飘飘然的精神，在礼教上是不应该有的，——所以女人真可恶，假使小尼姑的脸上不滑腻，阿Q便不至于被蛊，又假使小尼姑的脸上盖一层布，阿Q便也不至于被蛊了，——他五六年前，曾在戏台下的人丛中拧过一个女人的大腿，但因为隔一层裤，所以此后并不飘飘然，——而小尼姑并不然，这也足见异端之可恶。

"女……"阿Q想。

他对于以为"一定想引诱野男人"的女人，时常留心看，然而伊并不对他笑。他对于和他讲话的女人，也时常留心听，然而伊又并不提起关于什么勾当的话来。哦，这也是女人可恶之一节：伊们全都要装"假正经"的。

这一天，阿Q在赵太爷家里舂了一天米，吃过晚饭，便坐在厨房里吸旱烟。倘在别家，吃过晚饭本可以回去的了，但赵府上晚饭早，虽说定例不准掌灯，一吃完便睡觉，然而偶然也有一些例外：其一，是赵大爷未进秀才的时候，准其点灯读文章；其二，便是阿Q来做短工的时候，准其点灯舂米。因为这一条例外，所以阿Q在动手舂米之前，还坐在厨房里吸旱烟。

吴妈，是赵太爷家里唯一的女仆，洗完了碗碟，也就在长凳上坐下了，而且和阿Q谈闲天：

"太太两天没有吃饭哩，因为老爷要买一个小的……"

"女人……吴妈……这小孤孀……"阿Q想。

"我们的少奶奶是八月里要生孩子了……"

---

[1] 语出《论语·为政》："三十而立。"常被用作三十岁的代词。

"女人……"阿Q想。

阿Q放下烟管,站了起来。

"我们的少奶奶……"吴妈还唠叨说。

"我和你困觉,我和你困觉!"阿Q忽然抢上去,对伊跪下了。

一刹时中很寂然。

"阿呀!"吴妈楞[1]了一息,突然发抖,大叫着往外跑,且跑且嚷,似乎后来带哭了。

阿Q对了墙壁跪着也发楞,于是两手扶着空板凳,慢慢的站起来,仿佛觉得有些糟。他这时确也有些忐忑了,慌张的将烟管插在裤带上,就想去舂米。蓬的一声,头上着了很粗的一下,他急忙回转身去,那秀才便拿了一支大竹杠站在他面前。

"你反了,……你这……"

大竹杠又向他劈下来了。阿Q两手去抱头,拍的正打在指节上,这可很有一些痛。他冲出厨房门,仿佛背上又着了一下似的。

"忘八蛋!"秀才在后面用了官话这样骂。

阿Q奔入舂米场,一个人站着,还觉得指头痛,还记得"忘八蛋",因为这话是未庄的乡下人从来不用,专是见过官府的阔人用的,所以格外怕,而印象也格外深。但这时,他那"女……"的思想却也没有了。而且打骂之后,似乎一件事也已经收束,倒反觉得一无挂碍似的,便动手去舂米。舂了一会,他热起来了,又歇了手脱衣服。

脱下衣服的时候,他听得外面很热闹,阿Q生平本来最爱看热闹,便即寻声走出去了。寻声渐渐的寻到赵太爷的内院里,虽然在昏黄中,

---

1 见东晋干宝《搜神记》卷三:班惊楞,逡巡未答。

却辨得出许多人,赵府一家连两日不吃饭的太太也在内,还有间壁的邹七嫂,真正本家的赵白眼、赵司晨。

少奶奶正拖着吴妈走出下房来,一面说:

"你到外面来,……不要躲在自己房里想……"

"谁不知道你正经,……短见是万万寻不得的。"邹七嫂也从旁说。

吴妈只是哭,夹些话,却不甚听得分明。

阿Q想:"哼,有趣,这小孤孀不知道闹着什么玩意儿了?"他想打听,走近赵司晨的身边。这时他猛然间看见赵大爷向他奔来,而且手里捏着一支大竹杠。他看见这一支大竹杠,便猛然间悟到自己曾经被打,和这一场热闹似乎有点相关。他翻身便走,想逃回舂米场,不图这支竹杠阻了他的去路,于是他又翻身便走,自然而然的走出后门,不多工夫,已在土谷祠内了。

阿Q坐了一会,皮肤有些起粟[1],他觉得冷了,因为虽在春季,而夜间颇有余寒,尚不宜于赤膊。他也记得布衫留在赵家,但倘若去取,又深怕秀才的竹杠。然而地保进来了。

"阿Q,你的妈妈的!你连赵家的用人都调戏起来,简直是造反。害得我晚上没有觉睡,你的妈妈的!……"

如是云云的教训了一通,阿Q自然没有话。临末,因为在晚上,应该送地保加倍酒钱四百文,阿Q正没有现钱,便用一顶毡帽做抵押,并且订定了五个条件:

一　明天用红烛——要一斤重的——一对,香一封,到赵

---

[1] 见于北宋苏轼《雪后书北台壁》诗之二:冻合玉楼寒起粟,光摇银海眩生花。

府上去赔罪。

二　赵府上请道士祓除缢鬼，费用由阿Q负担。

三　阿Q从此不准踏进赵府的门槛。

四　吴妈此后倘有不测，惟阿Q是问。

五　阿Q不准再去索取工钱和布衫。

阿Q自然都答应了，可惜没有钱。幸而已经春天，棉被可以无用，便质了二千大钱，履行条约。赤膊磕头之后，居然还剩几文，他也不再赎毡帽，统统喝了酒了。但赵家也并不烧香点烛，因为太太拜佛的时候可以用，留着了。那破布衫是大半做了少奶奶八月间生下来的孩子的衬尿布，那小半破烂的便都做了吴妈的鞋底。

第五章　生计问题

阿Q礼毕之后，仍旧回到土谷祠，太阳下去了，渐渐觉得世上有些古怪。他仔细一想，终于省悟过来：其原因盖在自己的赤膊。他记得破夹袄还在，便披在身上，躺倒了，待张开眼睛，原来太阳又已经照在西墙上头了。他坐起身，一面说道，"妈妈的……"

他起来之后，也仍旧在街上逛，虽然不比赤膊之有切肤之痛，却又渐渐的觉得世上有些古怪了。仿佛从这一天起，未庄的女人们忽然都怕了羞，伊们一见阿Q走来，便个个躲进门里去。甚而至于将近五十岁的邹七嫂，也跟着别人乱钻，而且将十一岁的女儿都叫进去了。阿Q很以为奇，而且想："这些东西忽然都学起小姐模样来了。这娼妇们……"

但他更觉得世上有些古怪，却是许多日以后的事。其一，酒店不肯赊欠了；其二，管土谷祠的老头子说些废话，似乎叫他走；其三，他虽然记不清多少日，但确乎有许多日，没有一个人来叫他做短工。酒店不赊，熬着也罢了；老头子催他走，噜苏一通也就算了；只是没有人来叫他做短工，却使阿Q肚子饿：这委实是一件非常"妈妈的"的事情。

阿Q忍不下去了，他只好到老主顾的家里去探问，——但独不许踏进赵府的门槛，——然而情形也异样：一定走出一个男人来，现了十分烦厌的相貌，像回复乞丐一般的摇手道：

"没有没有！你出去！"

阿Q愈觉得稀奇了。他想，这些人家向来少不了要帮忙，不至于现在忽然都无事，这总该有些蹊跷在里面了。他留心打听，才知道他们有事都去叫小Don[1]。这小D，是一个穷小子，又瘦又乏，在阿Q的眼睛里，位置是在王胡之下的，谁料这小子竟谋了他的饭碗去。所以阿Q这一气，更与平常不同，当气愤愤的走着的时候，忽然将手一扬，唱道：

"我手执钢鞭将你打！[2]……"

几天之后，他竟在钱府的照壁前遇见了小D。"仇人相见分外眼明"，阿Q便迎上去，小D也站住了。

"畜生！"阿Q怒目而视的说，嘴角上飞出唾沫来。

"我是虫豸，好么？……"小D说。

这谦逊反使阿Q更加愤怒起来，但他手里没有钢鞭，于是只得扑上去，伸手去拔小D的辫子。小D一手护住了自己的辫根，一手也来拔阿Q

---

[1] 小Don即小同。作者在《且介亭杂文·寄〈戏〉周刊编者信》中说："他叫'小同'，大起来，和阿Q一样。"

[2] 这一句及下文的"悔不该，酒醉错斩了郑贤弟"，都是当时绍兴地方戏《龙虎斗》中的唱词。这出戏演的是宋太祖赵匡胤和呼延赞交战的故事。郑贤弟，指赵匡胤部下猛将郑子明。

的辫子，阿Q便也将空着的一只手护住了自己的辫根。从先前的阿Q看来，小D本来是不足齿数的，但他近来挨了饿，又瘦又乏已经不下于小D，所以便成了势均力敌的现象，四只手拔着两颗头，都弯了腰，在钱家粉墙上映出一个蓝色的虹形，至于半点钟之久了。

"好了，好了！"看的人们说，大约是解劝的。

"好，好！"看的人们说，不知道是解劝，是颂扬，还是煽动。

然而他们都不听。阿Q进三步，小D便退三步，都站着；小D进三步，阿Q便退三步，又都站着。大约半点钟，——未庄少有自鸣钟，所以很难说，或者二十分，——他们的头发里便都冒烟，额上便都流汗，阿Q的手放松了，在同一瞬间，小D的手也正放松了，同时直起，同时退开，都挤出人丛去。

"记着罢，妈妈的……"阿Q回过头去说。

"妈妈的，记着罢……"小D也回过头来说。

这一场"龙虎斗"似乎并无胜败，也不知道看的人可满足，都没发什么议论，而阿Q却仍然没有人来叫他做短工。

有一日很温和，微风拂拂的颇有些夏意了，阿Q却觉得寒冷起来，但这还可担当，第一倒是肚子饿。棉被、毡帽、布衫，早已没有了，其次就卖了棉袄；现在有裤子，却万不可脱的；有破夹袄，又除了送人做鞋底之外，决定卖不出钱。他早想在路上拾得一注钱，但至今还没有见；他想在自己的破屋里忽然寻到一注钱，慌张的四顾，但屋内是空虚而且了然。于是他决计出门求食去了。

他在路上走着要"求食"，看见熟识的酒店，看见熟识的馒头，但他都走过了，不但没有暂停，而且并不想要。他所求的不是这类东西了；他求的是什么东西，他自己不知道。

未庄本不是大村镇，不多时便走尽了。村外多是水田，满眼是新秧的嫩绿，夹着几个圆形的活动的黑点，便是耕田的农夫。阿Q并不赏鉴这田家乐，却只是走，因为他直觉的知道这与他的"求食"之道是很辽远的。但他终于走到静修庵的墙外了。

庵周围也是水田，粉墙突出在新绿里，后面的低土墙里是菜园。阿Q迟疑了一会，四面一看，并没有人。他便爬上这矮墙去，扯着何首乌藤，但泥土仍然簌簌的掉，阿Q的脚也索索的抖；终于攀着桑树枝，跳到里面了。里面真是郁郁葱葱，但似乎并没有黄酒馒头，以及此外可吃的之类。靠西墙是竹丛，下面许多笋，只可惜都是并未煮熟的，还有油菜早经结子，芥菜已将开花，小白菜也很老了。

阿Q仿佛文童落第似的觉得很冤屈，他慢慢走近园门去，忽而非常惊喜了，这分明是一畦老萝卜。他于是蹲下便拔，而门口突然伸出一个很圆的头来，又即缩回去了，这分明是小尼姑。小尼姑之流是阿Q本来视若草芥的，但世事须"退一步想"，所以他便赶紧拔起四个萝卜，拧下青叶，兜在大襟里。然而老尼姑已经出来了。

"阿弥陀佛，阿Q，你怎么跳进园里来偷萝卜！……阿呀，罪过呵，阿唷，阿弥陀佛！……"

"我什么时候跳进你的园里来偷萝卜？"阿Q且看且走的说。

"现在……这不是？"老尼姑指着他的衣兜。

"这是你的？你能叫得他答应你么？你……"

阿Q没有说完话，拔步便跑；追来的是一匹很肥大的黑狗。这本来在前门的，不知怎的到后园来了。黑狗哼而且追，已经要咬着阿Q的腿，幸而从衣兜里落下一个萝卜来，那狗给一吓，略略一停，阿Q已经爬上桑树，跨到土墙，连人和萝卜都滚出墙外面了。只剩着黑狗还在对着桑树嗥，老尼姑念着佛。

阿Q怕尼姑又放出黑狗来，拾起萝卜便走，沿路又捡了几块小石头，但黑狗却并不再现。阿Q于是抛了石块，一面走一面吃，而且想道，这里也没有什么东西寻，不如进城去……

待三个萝卜吃完时，他已经打定了进城的主意了。

第六章　从中兴到末路

在未庄再看见阿Q出现的时候，是刚过了这年的中秋。人们都惊异，说是阿Q回来了，于是又回上去想道，他先前哪里去了呢？阿Q前几回的上城，大抵早就兴高采烈的对人说，但这一次却并不，所以也没有一个人留心到。他或者也曾告诉过管土谷祠的老头子，然而未庄老例，只有赵太爷钱太爷和秀才大爷上城才算一件事。假洋鬼子尚且不足数，何况是阿Q：因此老头子也就不替他宣传，而未庄的社会上也就无从知道了。

但阿Q这回的回来，却与先前大不同，确乎很值得惊异。天色将黑，他睡眼蒙胧的在酒店门前出现了，他走近柜台，从腰间伸出手来，满把是银的和铜的，在柜上一扔说，"现钱！打酒来！"穿的是新夹袄，看去腰间还挂着一个大搭连[1]，沉钿钿的将裤带坠成了很弯很弯的弧线。未庄老例，看见略有些醒目的人物，是与其慢也宁敬的，现在虽然明知道是阿Q，但因为和破夹袄的阿Q有些两样了，古人云，"士别三日

1　见明末冯梦龙纂辑《喻世明言》：又知道杨公甚贫，去自己搭连内，取十来两好赤银子……

便当刮目相待"[1],所以堂倌、掌柜、酒客、路人,便自然显出一种疑而且敬的形态来。掌柜既先之以点头,又继之以谈话:

"嚄,阿Q,你回来了!"

"回来了。"

"发财发财,你是——在……"

"上城去了!"

这一件新闻,第二天便传遍了全未庄。人人都愿意知道现钱和新夹袄的阿Q的中兴史,所以在酒店里,茶馆里,庙檐下,便渐渐的探听出来了。这结果,是阿Q得了新敬畏。

据阿Q说,他是在举人老爷家里帮忙。这一节,听的人都肃然了。这老爷本姓白,但因为合城里只有他一个举人,所以不必再冠姓,说起举人来就是他。这也不独在未庄是如此,便是一百里方圆之内也都如此,人们几乎多以为他的姓名就叫举人老爷的了。在这人的府上帮忙,那当然是可敬的。但据阿Q又说,他却不高兴再帮忙了,因为这举人老爷实在太"妈妈的"了。这一节,听的人都叹息而且快意,因为阿Q本不配在举人老爷家里帮忙,而不帮忙是可惜的。

据阿Q说,他的回来,似乎也由于不满意城里人,这就在他们将长凳称为条凳,而且煎鱼用葱丝,加以最近观察所得的缺点,是女人的走路也扭得不很好。然而也偶有大可佩服的地方,即如未庄的乡下人不过打三十二张的竹牌[2],只有假洋鬼子能够叉"麻酱",城里却连小乌龟子都叉得精熟的。什么假洋鬼子,只要放在城里的十几岁的小乌龟子

---

1 语出《三国志·吴书·吕蒙传》。

2 一种赌具,即牙牌或骨牌。下文的"麻酱"指麻雀牌,俗称麻将,也是一种赌具。阿Q把"麻将"讹为"麻酱"。

的手里，也就立刻是"小鬼见阎王"。这一节，听的人都赧然了。

"你们可看见过杀头么？"阿Q说，"咳，好看。杀革命党。唉，好看好看，……"他摇摇头，将唾沫飞在正对面的赵司晨的脸上。这一节，听的人都凛然了。但阿Q又四面一看，忽然扬起右手，照着伸长脖子听得出神的王胡的后项窝上直劈下去道：

"嚓！"

王胡惊得一跳，同时电光石火似的赶快缩了头，而听的人又都悚然而且欣然了。从此王胡癞头癞脑的许多日，并且再不敢走近阿Q的身边；别的人也一样。

阿Q这时在未庄人眼睛里的地位，虽不敢说超过赵太爷，但谓之差不多，大约也就没有什么语病的了。

然而不多久，这阿Q的大名忽又传遍了未庄的闺中。虽然未庄只有钱赵两姓是大屋，此外十之九都是浅闺，但闺中究竟是闺中，所以也算得一件神异。女人们见面时一定说，邹七嫂在阿Q那里买了一条蓝绸裙，旧固然是旧的，但只化了九角钱。还有赵白眼的母亲——一说是赵司晨的母亲，待考——也买了一件孩子穿的大红洋纱衫，七成新，只用三百大钱九二串。于是伊们都眼巴巴的想见阿Q，缺绸裙的想问他买绸裙，要洋纱衫的想问他买洋纱衫，不但见了不逃避，有时阿Q已经走过了，也还要追上去叫住他，问道：

"阿Q，你还有绸裙么？没有？纱衫也要的，有罢？"

后来这终于从浅闺传进深闺里去了。因为邹七嫂得意之余，将伊的绸裙请赵太太去鉴赏，赵太太又告诉了赵太爷而且着实恭维了一番。赵太爷便在晚饭桌上，和秀才大爷讨论，以为阿Q实在有些古怪，我们门窗应该小心些；但他的东西，不知道可还有什么可买，也许有点好东西罢。加以赵太太也正想买一件价廉物美的皮背心。于是家族决议,便托邹七嫂即刻去寻阿Q,而且为此新辟了第三种的例外:这晚上也姑且特准点油灯。

油灯干了不少了,阿Q还不到。赵府的全眷都很焦急,打着呵欠,或恨阿Q太飘忽,或怨邹七嫂不上紧。赵太太还怕他因为春天的条件不敢来,而赵太爷以为不足虑:因为这是"我"去叫他的。果然,到底赵太爷有见识,阿Q终于跟着邹七嫂进来了。

"他只说没有没有,我说你自己当面说去,他还要说,我说……"邹七嫂气喘吁吁的走着说。

"太爷!"阿Q似笑非笑的叫了一声,在檐下站住了。

"阿Q,听说你在外面发财,"赵太爷踱开去,眼睛打量着他的全身,一面说。"那很好,那很好的。这个,……听说你有些旧东西,……可以都拿来看一看,……这也并不是别的,因为我倒要……"

"我对邹七嫂说过了。都完了。"

"完了?"赵太爷不觉失声的说,"哪里会完得这样快呢?"

"那是朋友的,本来不多。他们买了些,……"

"总该还有一点罢。"

"现在,只剩了一张门幕了。"

"就拿门幕来看看罢。"赵太太慌忙说。

"那么,明天拿来就是,"赵太爷却不甚热心了。"阿Q,你以后有什么东西的时候,你尽先送来给我们看,……"

"价钱决不会比别家出得少!"秀才说。秀才娘子忙一瞥阿Q的脸,看他感动了没有。

"我要一件皮背心。"赵太太说。

阿Q虽然答应着，却懒洋洋的出去了，也不知道他是否放在心上。这使赵太爷很失望，气愤而且担心，至于停止了打呵欠。秀才对于阿Q的态度也很不平，于是说，这忘八蛋要提防，或者不如吩咐地保，不许他住在未庄。但赵太爷以为不然，说这也怕要结怨，况且做这路生意的大概是"老鹰不吃窝下食"，本村倒不必担心的；只要自己夜里警醒点就是了。秀才听了这"庭训"[1]，非常之以为然，便即刻撤消了驱逐阿Q的提议，而且叮嘱邹七嫂，请伊千万不要向人提起这一段话。

但第二日，邹七嫂便将那蓝裙去染了皂，又将阿Q可疑之点传扬出去了，可是确没有提起秀才要驱逐他这一节。然而这已经于阿Q很不利。最先，地保寻上门了，取了他的门幕去，阿Q说是赵太太要看的，而地保也不还并且要议定每月的孝敬钱。其次，是村人对于他的敬畏忽而变相了，虽然还不敢来放肆，却很有远避的神情，而这神情和先前的防他来"嚓"的时候又不同，颇混着"敬而远之"的分子了。

只有一班闲人们却还要寻根究底的去探阿Q的底细。阿Q也并不讳饰，傲然的说出他的经验来。从此他们才知道，他不过是一个小脚色，不但不能上墙，并且不能进洞，只站在洞外接东西。有一夜，他刚才接到一个包，正手再进去，不一会，只听得里面大嚷起来，他便赶紧跑，连夜爬出城，逃回未庄来了，从此不敢再去做。然而这故事却于阿Q更不利，村人对于阿Q的"敬而远之"者，本因为怕结怨，谁料他不过是一个不敢再偷的偷儿呢？这实在是"斯亦不足畏也矣"[2]。

---

1 《论语·季氏》载：孔丘"尝独立，鲤（孔丘的儿子）趋而过庭"，孔丘要他学"诗"，学"礼"。后来就常有人称父亲的教训为"庭训"或"过庭之训"。

2 语见《论语·子罕》。

第七章 革 命

宣统三年九月十四日——即阿Q将搭连卖给赵白眼的这一天——三更四点,有一只大乌篷船到了赵府上的河埠头。这船从黑魆魆中荡来,乡下人睡得熟,都没有知道;出去时将近黎明,却很有几个看见的了。据探头探脑的调查来的结果,知道那竟是举人老爷的船!

那船便将大不安载给了未庄,不到正午,全村的人心就很动摇。船的使命,赵家本来是很秘密的,但茶坊酒肆里却都说,革命党要进城,举人老爷到我们乡下来逃难了。惟有邹七嫂不以为然,说那不过是几口破衣箱,举人老爷想来寄存的,却已被赵太爷回复转去。其实举人老爷和赵秀才素不相能,在理本不能有"共患难"的情谊,况且邹七嫂又和赵家是邻居,见闻较为切近,所以大概该是伊对的。

然而谣言很旺盛,说举人老爷虽然似乎没有亲到,却有一封长信,和赵家排了"转折亲"。赵太爷肚里一轮,觉得于他总不会有坏处,便将箱子留下了,现就塞在太太的床底下。至于革命党,有的说是便在这一夜进了城,个个白盔白甲:穿着崇正皇帝的素[1]。

阿Q的耳朵里,本来早听到过革命党这一句话,今年又亲眼见过杀掉革命党。但他有一种不知从哪里来的意见,以为革命党便是造反,造反便是与他为难,所以一向是"深恶而痛绝之"的。殊不料这却使百里闻名的举人老爷有这样怕,于是他未免也有些"神往"了,况且未庄

---

1 穿着崇正皇帝的素:崇正,作品中人物对崇祯的讹称。崇祯是明思宗(朱由检)的年号。由于明亡于清,后来有些农民起义的部队,常用"反清复明"的口号来反对清朝统治,因此直到清末还有人认为革命军起义是替崇祯皇帝报仇。

的一群鸟男女的慌张的神情,也使阿Q更快意。

"革命也好罢,"阿Q想,"革这伙妈妈的命,太可恶!太可恨!……便是我,也要投降革命党了。"

阿Q近来用度窘,大约略略有些不平;加以午间喝了两碗空肚酒,愈加醉得快,一面想一面走,便又飘飘然起来。不知怎么一来,忽而似乎革命党便是自己,未庄人却都是他的俘虏了。他得意之余,禁不住大声的嚷道:

"造反了!造反了!"

未庄人都用了惊惧的眼光对他看。这一种可怜的眼光,是阿Q从来没有见过的,一见之下,又使他舒服得如六月里喝了雪水。他更加高兴的走而且喊道:

> 好,……我要什么就是什么,我欢喜谁就是谁。
> 得得,锵锵!
> 悔不该,酒醉错斩了郑贤弟,
> 悔不该,呀呀呀……
> 得得,锵锵,得,锵令锵!
> 我手执钢鞭将你打……

赵府上的两位男人和两个真本家,也正站在大门口论革命。阿Q没有见,昂了头直唱过去。

"得得,……"

"老Q,"赵太爷怯怯的迎着低声的叫。

"锵锵,"阿Q料不到他的名字会和"老"字联结起来,以为是一句别的话，与己无干，只是唱。"得，锵，锵令锵，锵！"

"老Q。"

"悔不该……"

"阿Q！"秀才只得直呼其名了。

阿Q这才站住，歪着头问道，"什么？"

"老Q，……现在……"赵太爷却又没有话，"现在……发财么？"

"发财？自然。要什么就是什么……"

"阿……Q哥，像我们这样穷朋友是不要紧的……"赵白眼惴惴的说，似乎想探革命党的口风。

"穷朋友？你总比我有钱。"阿Q说着自去了。

大家都怃然，没有话。赵太爷父子回家，晚上商量到点灯。赵白眼回家，便从腰间扯下搭连来，交给他女人藏在箱底里。

阿Q飘飘然的飞了一通，回到土谷祠，酒已经醒透了。这晚上，管祠的老头子也意外的和气，请他喝茶；阿Q便向他要了两个饼，吃完之后，又要了一支点过的四两烛和一个树烛台，点起来，独自躺在自己的小屋里。他说不出的新鲜而且高兴，烛火像元夜似的闪闪的跳，他的思想也迸跳起来了：

"造反？有趣，……来了一阵白盔白甲的革命党，都拿着板刀、钢鞭、炸弹、洋炮、三尖两刃刀、钩镰枪，走过土谷祠，叫道，'阿Q！同去同去！'于是一同去。……

"这时未庄的一伙鸟男女才好笑哩，跪下叫道，'阿Q，饶命！'谁听他！第一个该死的是小D和赵太爷，还有秀才，还有假洋鬼子，……留几条么？王胡本来还可留，但也不要了。……

"东西，……直走进去打开箱子来：元宝、洋钱、洋纱衫，……秀才娘子的一张宁式床[1]先搬到土谷祠,此外便摆了钱家的桌椅——或者也就用赵家的罢。自己是不动手的了,叫小D来搬,要搬得快,搬得不快打嘴巴……

"赵司晨的妹子真丑;邹七嫂的女儿过几年再说;假洋鬼子的老婆会和没有辫子的男人睡觉,吓,不是好东西!秀才的老婆是眼胞上有疤的……吴妈长久不见了,不知道在哪里——可惜脚太大。"

阿Q没有想得十分停当,已经发了鼾声,四两烛还只点去了小半寸,红焰焰的光照着他张开的嘴。

"荷荷!"阿Q忽而大叫起来,抬了头仓皇的四顾,待到看见四两烛,却又倒头睡去了。

第二天他起得很迟,走出街上看时,样样都照旧。他也仍然肚饿,他想着,想不起什么来;但他忽而似乎有了主意了,慢慢的跨开步,有意无意的走到静修庵。

庵和春天时节一样静,白的墙壁和漆黑的门。他想了一想,前去打门,一只狗在里面叫。他急急拾了几块断砖,再上去较为用力的打,打到黑门上生出许多麻点的时候,才听得有人来开门。

阿Q连忙捏好砖头,摆开马步,准备和黑狗来开战。但庵门只开了一条缝,并无黑狗从中冲出,望进去只有一个老尼姑。

"你又来什么事?"伊大吃一惊的说。

"革命了……你知道?……"阿Q说得很含胡。

"革命革命,革过一革的……你们要革得我们怎么样呢?"老尼姑两眼通红的说。

---

[1] 宁式床:浙江宁波一带制作的一种比较讲究的床。

"什么？……"阿Q诧异了。

"你不知道，他们已经来革过了！"

"谁？……"阿Q更其诧异了。

"那秀才和洋鬼子！"

阿Q很出意外，不由的一错愕；老尼姑见他失了锐气，便飞速的关了门，阿Q再推时，牢不可开，再打时，没有回答了。

那还是上午的事。赵秀才消息灵，一知道革命党已在夜间进城，便将辫子盘在顶上，一早去拜访那历来也不相能的钱洋鬼子。这是"咸与维新"[1]的时候了，所以他们便谈得很投机，立刻成了情投意合的同志，也相约去革命。他们想而又想，才想出静修庵里有一块"皇帝万岁万万岁"的龙牌，是应该赶紧革掉的，于是又立刻同到庵里去革命。因为老尼姑来阻挡，说了三句话，他们便将伊当作满政府，在头上很给了不少的棍子和栗凿。尼姑待他们走后，定了神来检点，龙牌固然已经碎在地上了，而且又不见了观音娘娘座前的一个宣德炉[2]。

这事阿Q后来才知道。他颇悔自己睡着，但也深怪他们不来招呼他。他又退一步想道：

"难道他们还没有知道我已经投降了革命党么？"

---

1 语见《尚书·胤征》："旧染污俗，咸与维新。"原意是对一切受恶习影响的人都给以弃旧从新的机会。这里指辛亥革命后地主官僚等投机的现象。

2 宣德炉：明宣宗宣德年间（1426—1435）制造的一种比较名贵的小型铜香炉，炉底有"大明宣德年制"字样。

第八章 不准革命

未庄的人心日见其安静了。据传来的消息,知道革命党虽然进了城,倒还没有什么大异样。知县大老爷还是原官,不过改称了什么,而且举人老爷也做了什么——这些名目,未庄人都说不明白——官,带兵的也还是先前的老把总[1]。只有一件可怕的事是另有几个不好的革命党夹在里面捣乱,第二天便动手剪辫子,听说那邻村的航船七斤便着了道儿,弄得不像人样了。但这却还不算大恐怖,因为未庄人本来少上城,即使偶有想进城的,也就立刻变了计,碰不着这危险。阿Q本也想进城去寻他的老朋友,一得这消息,也只得作罢了。

但未庄也不能说是无改革。几天之后,将辫子盘在顶上的逐渐增加起来了,早经说过,最先自然是茂才公,其次便是赵司晨和赵白眼,后来是阿Q。倘在夏天,大家将辫子盘在头顶上或者打一个结,本不算什么稀奇事,但现在是暮秋,所以这"秋行夏令"的情形,在盘辫家不能不说是万分的英断,而在未庄也不能说无关于改革了。

赵司晨脑后空荡荡的走来,看见的人大嚷说,

"嚄,革命党来了!"

阿Q听到了很羡慕。他虽然早知道秀才盘辫的大新闻,但总没有想到自己可以照样做,现在看见赵司晨也如此,才有了学样的意思,定下实行的决心。他用一支竹筷将辫子盘在头顶上,迟疑多时,这才放胆的走去。

---

1 把总:清代最下一级的武官。

他在街上走,人也看他,然而不说什么话,阿Q当初很不快,后来便很不平。他近来很容易闹脾气了;其实他的生活,倒也并不比造反之前反艰难,人见他也客气,店铺也不说要现钱。而阿Q总觉得自己太失意:既然革了命,不应该只是这样的。况且有一回看见小D,愈使他气破肚皮了。

小D也将辫子盘在头顶上了,而且也居然用一支竹筷。阿Q万料不到他也敢这样做,自己也决不准他这样做!小D是什么东西呢?他很想即刻揪住他,拗断他的竹筷,放下他的辫子,并且批他几个嘴巴,聊且惩罚他忘了生辰八字,也敢来做革命党的罪。但他终于饶放了,单是怒目而视的吐一口唾沫道"呸!"

这几日里,进城去的只有一个假洋鬼子。赵秀才本也想靠着寄存箱子的渊源,亲身去拜访举人老爷的,但因为有剪辫的危险,所以也中止了。他写了一封"黄伞格"[1]的信,托假洋鬼子带上城,而且托他给自己绍介绍介,去进自由党。假洋鬼子回来时,向秀才讨还了四块洋钱,秀才便有一块银桃子挂在大襟上了;未庄人都惊服,说这是柿油党的顶子[2],抵得一个翰林[3];赵太爷因此也骤然大阔,远过于他儿子初隽秀才的时候,所以目空一切,见了阿Q,也就很有些不放在眼里了。

阿Q正在不平,又时时刻刻感着冷落,一听得这银桃子的传说,

---

1 黄伞格:旧时采用骈体书写的一种书信格式,因格式像旧时官吏仪仗中的一柄黄伞,故称黄伞格。这样的信表示对对方的恭敬。

2 柿油党的顶子:柿油党是"自由党"的谐音,作者在《华盖集续集·阿Q正传的成因》中说:"'柿油党'……原是'自由党',乡下人不能懂,便讹成他们能懂的'柿油党'了。"顶子是清代官员帽顶上表示官阶的帽珠。这里指未庄人把自由党的徽章比作官员的"顶子"。

3 翰林:唐代以来皇帝的文学侍从的名称。明、清时代凡进士选入翰林院供职者通称翰林,担任编修国史、起草文件等工作,是一种名望较高的文职官衔。

他立即悟出自己之所以冷落的原因了:要革命,单说投降,是不行的;盘上辫子,也不行的;第一着仍然要和革命党去结识。他生平所知道的革命党只有两个,城里的一个早已"嚓"的杀掉了,现在只剩了一个假洋鬼子。他除却赶紧去和假洋鬼子商量之外,再没有别的道路了。

钱府的大门正开着,阿Q便怯怯的蹩进去。他一到里面,很吃了惊,只见假洋鬼子正站在院子的中央,一身乌黑的大约是洋衣,身上也挂着一块银桃子,手里是阿Q曾经领教过的棍子,已经留到一尺多长的辫子都拆开了披在肩背上,蓬头散发的像一个刘海仙[1]。对面挺直的站着赵白眼和三个闲人,正在必恭必敬的听说话。

阿Q轻轻的走近了,站在赵白眼的背后,心里想招呼,却不知道怎么说才好:叫他假洋鬼子固然是不行的了,洋人也不妥,革命党也不妥,或者就应该叫洋先生了罢。

洋先生却没有见他,因为白着眼睛讲得正起劲:

"我是性急的,所以我们见面,我总是说:洪哥!我们动手罢!他却总说道 No! ——这是洋话,你们不懂的。否则早已成功了。然而这正是他做事小心的地方。他再三再四的请我上湖北,我还没有肯。谁愿意在这小县城里做事情……"

"唔,……这个……"阿Q候他略停,终于用十二分的勇气开口了,但不知道因为什么,又并不叫他洋先生。

听着说话的四个人都吃惊的回顾他。洋先生也才看见:

"什么?"

---

[1] 刘海仙:指五代时的刘海蟾,相传他在终南山修道成仙。根据民间的画像,一般都是披着长发,前额覆有短发。

"我……"

"出去!"

"我要投……"

"滚出去!"洋先生扬起哭丧棒来了。

赵白眼和闲人们便都吆喝道:"先生叫你滚出去,你还不听么!"

阿Q将手向头上一遮,不自觉的逃出门外;洋先生倒也没有追。他快跑了六十多步,这才慢慢的走,于是心里便涌起了忧愁:洋先生不准他革命,他再没有别的路;从此决不能望有白盔白甲的人来叫他,他所有的抱负、志向、希望、前程,全被一笔勾销了。至于闲人们传扬开去,给小D王胡等辈笑话,倒是还在其次的事。

他似乎从来没有经验过这样的无聊。他对于自己的盘辫子,仿佛也觉得无意味,要侮蔑;为报仇起见,很想立刻放下辫子来,但也没有竟放。他游到夜间,赊了两碗酒,喝下肚去,渐渐的高兴起来了,思想里才又出现白盔白甲的碎片。

有一天,他照例的混到夜深,待酒店要关门,才踱回土谷祠去。

拍,吧~~!

他忽而听得一种异样的声音,又不是爆竹。阿Q本来是爱看热闹,爱管闲事的,便在暗中直寻过去。似乎前面有些脚步声;他正听,猛然间一个人从对面逃来了。阿Q一看见,便赶紧翻身跟着逃。那人转弯,阿Q也转弯,那人站住了,阿Q也站住。他看后面并无什么,看那人便是小D。

"什么?"阿Q不平起来了。

"赵……赵家遭抢了!"小D气喘吁吁的说。

阿Q的心怦怦的跳了。小D说了便走;阿Q却逃而又停的两三回。

但他究竟是做过"这路生意"的人，格外胆大，于是蹩出路角，仔细的听，似乎有些嚷嚷，又仔细的看，似乎许多白盔白甲的人，络绎的将箱子抬出了，器具抬出了，秀才娘子的宁式床也抬出了，但是不分明，他还想上前，两只脚却没有动。

这一夜没有月，未庄在黑暗里很寂静，寂静到像羲皇[1]时候一般太平。阿Q站着看到自己发烦，也似乎还是先前一样，在那里来来往往的搬，箱子抬出了，器具抬出了，秀才娘子的宁式床也抬出了，……抬得他自己有些不信他的眼睛了。但他决计不再上前，却回到自己的祠里去了。

土谷祠里更漆黑；他关好大门，摸进自己的屋子里。他躺了好一会，这才定了神，而且发出关于自己的思想来：白盔白甲的人明明到了，并不来打招呼，搬了许多好东西，又没有自己的份，——这全是假洋鬼子可恶，不准我造反，否则，这次何至于没有我的份呢？阿Q越想越气，终于禁不住满心痛恨起来，毒毒的点一点头："不准我造反，只准你造反？妈妈的假洋鬼子，——好，你造反！造反是杀头的罪名呵，我总要告一状，看你抓进县里去杀头，——满门抄斩，——嚓！嚓！"

第九章　大团圆

赵家遭抢之后，未庄人大抵很快意而且恐慌，阿Q也很快意而且恐慌。但四天之后，阿Q在半夜里忽被抓进县城里去了。那时恰是暗夜，一队兵、一队团丁、一队警察、五个侦探，悄悄地到了未庄，乘昏暗围住土谷祠，正对门架好机关枪；然而阿Q不冲出。许多时没有动静，把总焦急起来了，

---

[1] 羲皇：指伏羲氏，传说中我国上古时代的帝王。他的时代过去曾被形容为太平盛世。

悬了二十千的赏,才有两个团丁冒了险,踰垣进去,里应外合,一拥而入,将阿Q抓出来;直待擒出祠外面的机关枪左近,他才有些清醒了。

到进城,已经是正午,阿Q见自己被搀进一所破衙门,转了五六个弯,便推在一间小屋里。他刚刚一蹌踉,那用整株的木料做成的栅栏门便跟着他的脚跟阖上了,其余的三面都是墙壁,仔细看时,屋角上还有两个人。

阿Q虽然有些忐忑,却并不很苦闷,因为他那土谷祠里的卧室,也并没有比这间屋子更高明。那两个也仿佛是乡下人,渐渐和他兜搭起来了,一个说是举人老爷要追他祖父欠下来的陈租,一个不知道为了什么事。他们问阿Q,阿Q爽利的答道,"因为我想造反。"

他下半天便又被抓出栅栏门去了,到得大堂,上面坐着一个满头剃得精光的老头子。阿Q疑心他是和尚,但看见下面站着一排兵,两旁又站着十几个长衫人物,也有满头剃得精光像这老头子的,也有将一尺来长的头发披在背后像那假洋鬼子的,都是一脸横肉,怒目而视的看他;他便知道这人一定有些来历,膝关节立刻自然而然的宽松,便跪了下去了。

"站着说!不要跪!"长衫人物都吆喝说。

阿Q虽然似乎懂得,但总觉得站不住,身不由己的蹲了下去,而且终于趁势改为跪下了。

"奴隶性!……"长衫人物又鄙夷似的说,但也没有叫他起来。

"你从实招来罢,免得吃苦。我早都知道了。招了可以放你。"那光头的老头子看定了阿Q的脸,沉静的清楚的说。

"招罢!"长衫人物也大声说。

"我本来要……来投……"阿Q胡里胡涂的想了一通,这才断断续续的说。

"那么,为什么不来的呢?"老头子和气的问。

"假洋鬼子不准我！"

"胡说！此刻说，也迟了。现在你的同党在哪里？"

"什么？……"

"那一晚打劫赵家的一伙人。"

"他们没有来叫我。他们自己搬走了。"阿Q提起来便愤愤。

"走到哪里去了呢？说出来便放你了。"老头子更和气了。

"我不知道，……他们没有来叫我……"

然而老头子使了一个眼色，阿Q便又被抓进栅栏门里了。他第二次抓出栅栏门，是第二天的上午。

大堂的情形都照旧。上面仍然坐着光头的老头子，阿Q也仍然下了跪。

老头子和气的问道，"你还有什么话说么？"

阿Q一想，没有话，便回答说，"没有。"

于是一个长衫人物拿了一张纸，并一支笔送到阿Q的面前，要将笔塞在他手里。阿Q这时很吃惊，几乎"魂飞魄散"了：因为他的手和笔相关，这回是初次。他正不知怎样拿；那人却又指着一处地方教他画花押。

"我……我……不认得字。"阿Q一把抓住了笔，惶恐而且惭愧的说。

"那么，便宜你，画一个圆圈！"

阿Q要画圆圈了，那手捏着笔却只是抖。于是那人替他将纸铺在地上，阿Q伏下去，使尽了平生的力气画圆圈。他生怕被人笑话，立志要画得圆，但这可恶的笔不但很沉重，并且不听话，刚刚一抖一抖的几乎要合缝，却又向外一耸，画成瓜子模样了。

阿Q正羞愧自己画得不圆，那人却不计较，早已掣了纸笔去，许多人又将他第二次抓进栅栏门。

他第二次进了栅栏，倒也并不十分懊恼。他以为人生天地之间，大约本来有时要抓进抓出，有时要在纸上画圆圈的，惟有圈而不圆，却是他"行状"上的一个污点。但不多时也就释然了，他想：孙子才画得很圆的圆圈呢。于是他睡着了。

然而这一夜，举人老爷反而不能睡：他和把总呕了气了。举人老爷主张第一要追赃，把总主张第一要示众。把总近来很不将举人老爷放在眼里了，拍案打凳的说道，"惩一儆百！你看，我做革命党还不上二十天，抢案就是十几件，全不破案，我的面子在哪里？破了案，你又来迂。不成！这是我管的！"举人老爷窘急了，然而还坚持，说是倘若不追赃，他便立刻辞了帮办民政的职务。而把总却道，"请便罢！"于是举人老爷在这一夜竟没有睡，但幸第二天倒也没有辞。

阿Q第三次抓出栅栏门的时候，便是举人老爷睡不着的那一夜的明天的上午了。他到了大堂，上面还坐着照例的光头老头子；阿Q也照例的下了跪。

老头子很和气的问道，"你还有什么话么？"

阿Q一想，没有话，便回答说，"没有。"

许多长衫和短衫人物，忽然给他穿上一件洋布的白背心，上面有些黑字。阿Q很气苦：因为这很像是带孝，而带孝是晦气的。然而同时他的两手反缚了，同时又被一直抓出衙门外去了。

阿Q被抬上了一辆没有蓬的车，几个短衣人物也和他同坐在一处。这车立刻走动了，前面是一班背着洋炮的兵们和团丁，两旁是许多张着嘴的看客，后面怎样，阿Q没有见。但他突然觉到了：这岂不是去杀头么？他一急，两眼发黑，耳朵里嗡的一声，似乎发昏。然而他又没有全发昏，有时虽然着急，有时却也泰然；他意思之间，似乎觉得人生天地间，大约本来有时也未免要杀头的。

他还认得路，于是有些诧异了：怎么不向着法场走呢？他不知道这是在游街，在示众。但即使知道也一样，他不过便以为人生天地间，大约本来有时也未免要游街要示众罢了。

他省悟了，这是绕到法场去的路，这一定是"嚓"的去杀头。他惘惘的向左右看，全跟着蚂蚁似的人，而在无意中，却在路旁的人丛中发见了一个吴妈。很久违，伊原来在城里做工了。阿Q忽然很羞愧自己没志气：竟没有唱几句戏。他的思想仿佛旋风似的在脑里一回旋：《小孤孀上坟》欠堂皇，《龙虎斗》里的"悔不该……"也太乏，还是"手执钢鞭将你打"罢。他同时想手一扬，才记得这两手原来都捆着，于是"手执钢鞭"也不唱了。

"过了二十年又是一个……"阿Q在百忙中，"无师自通"的说出半句从来不说的话。

"好！！！"从人丛里，便发出豺狼的嗥叫一般的声音来。

车子不住的前行，阿Q在喝采声中，轮转眼睛去看吴妈，似乎伊一向并没有见他，却只是出神的看着兵们背上的洋炮。

阿Q于是再看那些喝采的人们。

这刹那中，他的思想又仿佛旋风似的在脑里一回旋了。四年之前，他曾在山脚下遇见一只饿狼，永是不近不远的跟定他，要吃他的肉。他那时吓得几乎要死，幸而手里有一柄斫柴刀，才得仗这壮了胆，支持到未庄；可是永远记得那狼眼睛，又凶又怯，闪闪的像两颗鬼火，似乎远远的来穿透了他的皮肉。而这回他又看见从来没有见过的更可怕的眼睛了，又钝又锋利，不但已经咀嚼了他的话，并且还要咀嚼他皮肉以外的东西，永是不近不远的跟他走。

这些眼睛们似乎连成一气,已经在那里咬他的灵魂。

"救命,……"

然而阿Q没有说。他早就两眼发黑,耳朵里嗡的一声,觉得全身仿佛微尘似的迸散了。

至于当时的影响,最大的倒反在举人老爷,因为终于没有追赃,他全家都号咷了。其次是赵府,非特秀才因为上城去报官,被不好的革命党剪了辫子,而且又破费了二十千的赏钱,所以全家也号咷了。从这一天以来,他们便渐渐的都发生了遗老的气味。

至于舆论,在未庄是无异议,自然都说阿Q坏,被枪毙便是他的坏的证据:不坏又何至于被枪毙呢?而城里的舆论却不佳,他们多半不满足,以为枪毙并无杀头这般好看;而且那是怎样的一个可笑的死囚呵,游了那么久的街,竟没有唱一句戏:他们白跟一趟了。

一九二一年十二月

端午节[1]

方玄绰近来爱说"差不多"这一句话,几乎成了"口头禅"似的;而且不但说,的确也盘据在他脑里了。他最初说的是"都一样",后来大约觉得欠稳当了,便改为"差不多",一直使用到现在。

他自从发见了这一句平凡的警句以后,虽然引起了不少的新感慨,同时却也得到许多新慰安。譬如看见老辈威压青年,在先是要愤愤的,但现在却就转念道,将来这少年有了儿孙时,大抵也要摆这架子的罢,便再没有什么不平了。又如看见兵士打车夫,在先也要愤愤的,但现在也就转念道,倘使这车夫当了兵,这兵拉了车,大抵也就这么打,便再也不放在心上了。他这样想着的时候,有时也疑心是因为自己没有和恶社会奋斗的勇气,所以瞒心昧己的故意造出来的一条逃路,很近于"无是非之心"[2],远不如改正了好。然而这意见,总反而在他脑里生长起来。

他将这"差不多说"最初公表的时候是在北京首善学校的讲堂上,

---

[1] 本篇最初发表于一九二二年九月上海《小说月报》第十三卷第九号。

[2] 语见《孟子·公孙丑》:"无是非之心,非人也。"

其时大概是提起关于历史上的事情来,于是说到"古今人不相远",说到各色人等的"性相近"[1],终于牵扯到学生和官僚身上,大发其议论道:

"现在社会上时髦的都通行骂官僚,而学生骂得尤利害。然而官僚并不是天生的特别种族,就是平民变就的。现在学生出身的官僚就不少,和老官僚有什么两样呢?'易地则皆然'[2],思想言论举动丰采都没有什么大区别……便是学生团体新办的许多事业,不是也已经难免出弊病,大半烟消火灭了么?差不多的。但中国将来之可虑就在此……"

散坐在讲堂里的二十多个听讲者,有的怅然了,或者是以为这话对;有的勃然了,大约是以为侮辱了神圣的青年;有几个却对他微笑了,大约以为这是他替自己的辩解:因为方玄绰就是兼做官僚的。

而其实却是都错误。这不过是他的一种新不平;虽说不平,又只是他的一种安分的空论。他自己虽然不知道是因为懒,还是因为无用,总之觉得是一个不肯运动,十分安分守己的人。总长冤他有神经病,只要地位还不至于动摇,他决不开一开口;教员的薪水欠到大半年了,只要别有官俸支持,他也决不开一开口。不但不开口,当教员联合索薪的时候,他还暗地里以为欠斟酌,太嚷嚷;直到听得同寮[3]过分的奚落他们了,这才略有些小感慨,后来一转念,这或者因为自己正缺钱,而别的官并不兼做教员的缘故罢,于是就释然了。

他虽然也缺钱,但从没有加入教员的团体内,大家议决罢课,可是不去上课了。政府说"上了课才给钱",他才略恨他们的类乎用果子耍

---

1 语见《论语·阳货》:"性相近也,习相远也。"
2 语见《孟子·离娄》:"孟子曰:'禹、稷、颜回同道。……禹、稷、颜回易地则皆然。'"
3 假借"僚"。见于《左传·文公七年》:"同官为寮,吾尝寮,敢不尽心乎!"

猴子;一个大教育家[1]说道"教员一手挟书包一手要钱不高尚",他才对于他的太太正式的发牢骚了。

"喂,怎么只有两盘?"听了"不高尚说"这一日的晚餐时候,他看着菜蔬说。

他们是没有受过新教育的,太太并无学名或雅号,所以也就没有什么称呼了,照老例虽然也可以叫"太太"但他又不愿意太守旧,于是就发明了一个"喂"字。太太对他却连"喂"字也没有,只要脸向着他说话,依据习惯法,他就知道这话是对他而发的。

"可是上月领来的一成半都完了……昨天的米,也还是好容易才赊来的呢。"伊站在桌旁,脸对着他说。

"你看,还说教书的要薪水是卑鄙哩。这种东西似乎连人要吃饭,饭要米做,米要钱买这一点粗浅事情都不知道……"

"对啦。没有钱怎么买米,没有米怎么煮……"

他两颊都鼓起来了,仿佛气恼这答案正和他的议论"差不多",近乎随声附和模样;接着便将头转向别一面去了,依据习惯法,这是宣告讨论中止的表示。

待到凄风冷雨这一天,教员们因为向政府去索欠薪[2],在新华门前烂泥里被国军打得头破血出之后,倒居然也发了一点薪水。方玄绰不费举手之劳的领了钱,酌还些旧债,却还缺一大笔款,这是因为官俸也颇

---

[1] 指范源濂。据北京《语丝》周刊第十四期(一九二五年二月十六日)《理想中的教师》一文追述:"前教育总长……范静生先生(即范源濂)也曾非难过北京各校的教员,说他们一手拿钱,一手拿书包上课。"

[2] 一九二一年六月三日,北京市各校教职员工和学生群众千余人举行示威游行,向以徐世昌为首的北洋军阀政府索取欠薪,遭到镇压,多人受伤。下文的新华门,在北京西长安街,当时曾是北洋军阀政府总统府的大门。

有些拖欠了。当是时,便是廉吏清官们也渐以为薪之不可不索,而况兼做教员的方玄绰,自然更表同情于学界起来,所以大家主张继续罢课的时候,他虽然仍未到场,事后却尤其心悦诚服的确守了公共的决议。

然而政府竟又付钱,学校也就开课了。但在前几天,却有学生总会上一个呈文给政府,说"教员倘若不上课,便不要付欠薪。"这虽然并无效,而方玄绰却忽而记起前回政府所说的"上了课才给钱"的话来,"差不多"这一个影子在他眼前又一幌,而且并不消灭,于是他便在讲堂上公表了。

准此,可见如果将"差不多说"锻炼罗织起来,自然也可以判作一种挟带私心的不平,但总不能说是专为自己做官的辩解。只是每到这些时,他又常常喜欢拉上中国将来的命运之类的问题,一不小心,便连自己也以为是一个忧国的志士;人们是每苦于没有"自知之明"的。

但是"差不多"的事实又发生了,政府当初虽只不理那些招人头痛的教员,后来竟不理到无关痛痒的官吏,欠而又欠,终于逼得先前鄙薄教员要钱的好官,也很有几员化为索薪大会里的骁将了。惟有几种日报上却很发了些鄙薄讥笑他们的文字。方玄绰也毫不为奇,毫不介意,因为他根据了他的"差不多说",知道这是新闻记者还未缺少润笔[1]的缘故,万一政府或是阔人停了津贴,他们多半也要开大会的。

他既已表同情于教员的索薪,自然也赞成同寮的索俸,然而他仍安坐在衙门中,照例的并不一同去讨债。至于有人疑心他孤高,那可也不过是一种误解罢了。他自己说,他是自从出世以来,只有人向他来要债,他从没有向人去讨过债,所以这一端是"非其所长"。而且他最不敢见手握经济之权的人物,这种人待到失了权势之后,捧着一本《大乘起信

---

[1] 润笔:原指给做诗文书画的人的报酬,后来也用作稿酬的别称。

论》[1]讲佛学的时候，固然也很是"蔼然可亲"的了，但还在宝座上时，却总是一副阎王脸，将别人都当奴才看，自以为手操着你们这些穷小子们的生杀之权。他因此不敢见，也不愿见他们。这种脾气，虽然有时连自己也觉得是孤高，但往往同时也疑心这其实是没本领。

大家左索右索，总自一节一节的挨过去了，但比起先前来，方玄绰究竟是万分的拮据，所以使用的小厮和交易的店家不消说，便是方太太对于他也渐渐的缺了敬意，只要看伊近来不很附和，而且常常提出独创的意见，有些唐突的举动，也就可以了然了。到了阴历五月初四的午前，他一回来，伊便将一叠账单塞在他的鼻子跟前，这也是往常所没有的。

"一总总得一百八十块钱才够开消[2]……发了么？"伊并不对着他看的说。

"哼，我明天不做官了。钱的支票是领来的了，可是索薪大会的代表不发放，先说是没有同去的人都不发，后来又说是要到他们跟前去亲领。他们今天单捏着支票，就变了阎王脸了，我实在怕看见……我钱也不要了，官也不做了，这样无限量的卑屈……"

方太太见了这少见的义愤，倒有些愕然了，但也就沉静下来。

"我想，还不如去亲领罢，这算什么呢。"伊看着他的脸说。

"我不去！这是官俸，不是赏钱，照例应该由会计科送来的。"

"可是不送来又怎么好呢……哦，昨夜忘记说了，孩子们说那学费，学校里已经催过好几次了，说是倘若再不缴……"

"胡说！做老子的办事教书都不给钱，儿子去念几句书倒要钱？"

---

[1] 《大乘起信论》：大乘佛教重要论书。相传为古印度马鸣作。

[2] 旧同"开销"。

伊觉得他已经不很顾忌道理,似乎就要将自己当作校长来出气,犯不上,便不再言语了。

两个默默的吃了午饭。他想了一会,又懊恼的出去了。

照旧例,近年是每逢节根或年关的前一天,他一定须在夜里的十二点钟才回家,一面走,一面掏着怀中,一面大声的叫道,"喂,领来了!"于是递给伊一叠簇新的中交票[1],脸上很有些得意的形色。谁知道初四这一天却破了例,他不到七点钟便回家来。方太太很惊疑,以为他竟已辞了职了,但暗暗地察看他脸上,却也并不见有什么格外倒运的神情。

"怎么了?……这样早?……"伊看定了他说。

"发不及了,领不出了,银行已经关了门,得等初八。"

"亲领?……"伊惴惴的问。

"亲领这一层也已经取消了,听说仍旧由会计科分送。可是银行今天已经关了门,休息三天,得等到初八的上午。"他坐下,眼睛看着地面了,喝过一口茶,才又慢慢的开口说,"幸而衙门里也没有什么问题了,大约到初八就准有钱……向不相干的亲戚朋友去借钱,实在是一件烦难事。我午后硬着头皮去寻金永生,谈了一会,他先恭维我不去索薪,不肯亲领,非常之清高,一个人正应该这样做;待到知道我想要向他通融五十元,就像我在他嘴里塞了一大把盐似的,凡有脸上可以打皱的地方都打起皱来,说房租怎样的收不起,买卖怎样的赔本,在同事面前亲身领款,也不算什么的,即刻将我支使出来了。"

"这样紧急的节根,谁还肯借出钱去呢。"方太太却只淡淡的说,并没有什么慨然。

---

1 中交票:中国银行和交通银行(都是当时的国家银行)发行的钞票。

方玄绰低下头来了，觉得这也无怪其然的，况且自己和金永生本来很疏远。他接着就记起去年年关的事来，那时有一个同乡来借十块钱，他其时明明已经收到了衙门的领款凭单的了，因为恐怕这人将来未必会还钱，便装了一副为难的神色，说道衙门里既然领不到俸钱，学校里又不发薪水，实在"爱莫能助"，将他空手送走了。他虽然自己并不看见装了怎样的脸，但此时却觉得很局促，嘴唇微微一动，又摇一摇头。

然而不多久，他忽而恍然大悟似的发命令了：叫小厮即刻上街去赊一瓶莲花白。他知道店家希图明天多还账，大抵是不敢不赊的，假如不赊，则明天分文不还，正是他们应得的惩罚。

莲花白竟赊来了，他喝了两杯，青白色的脸上泛了红，吃完饭，又颇有些高兴了，他点上一枝大号哈德门香烟，从桌上抓起一本《尝试集》[1]来，躺在床上就要看。

"那么，明天怎么对付店家呢？"方太太追上去，站在床面前看着他的脸说。

"店家？……教他们初八的下半天来。"

"我可不能这么说。他们不相信，不答应的。"

"有什么不相信。他们可以问去，全衙门里什么人也没有领到，都得初八！"他戟着第二个指头在帐子里的空中画了一个半圆，方太太跟着指头也看了一个半圆，只见这手便去翻开了《尝试集》。

方太太见他强横到出乎情理之外了，也暂时开不得口。

"我想，这模样是闹不下去的，将来总得想点法，做点什么别的

---

[1] 《尝试集》：胡适作的白话诗集，是中国现代文学史上第一部白话诗集。一九二〇年三月上海亚东图书馆出版。

事……"伊终于寻到了别的路,说。

"什么法呢?我'文不像誊录生,武不像救火兵',别的做什么?"

"你不是给上海的书铺子做过文章么?"

"上海的书铺子?买稿要一个一个的算字,空格不算数。你看我做在那里的白话诗去,空白有多少,怕只值三百大钱一本罢。收版权税又半年六月没消息,'远水救不得近火',谁耐烦。"

"那么,给这里的报馆里……"

"给报馆里?便在这里很大的报馆里,我靠着一个学生在那里做编辑的大情面,一千字也就是这几个钱,即使一早做到夜,能够养活你们么?况且我肚子里也没有这许多文章。"

"那么,过了节怎么办呢?"

"过了节么?——仍旧做官……明天店家来要钱,你只要说初八的下午。"

他又要看《尝试集》了。方太太怕失了机会,连忙吞吞吐吐的说:

"我想,过了节,到了初八,我们……倒不如去买一张彩票……"

"胡说!会说出这样无教育的……"

这时候,他忽而又记起被金永生支使出来以后的事了。那时他惘惘的走过稻香村,看店门口竖着许多斗大的字的广告道"头彩几万元",仿佛记得心里也一动,或者也许放慢了脚步的罢,但似乎因为舍不得皮夹里仅存的六角钱,所以竟也毅然决然的走远了。他脸色一变,方太太料想他是在恼着伊的无教育,便赶紧退开,没有说完话。方玄绰也没有说完话,将腰一伸,咿咿呜呜的就念《尝试集》。

一九二二年六月

白　光[1]

　　陈士成看过县考的榜，回到家里的时候，已经是下午了。他去得本很早，一见榜，便先在这上面寻陈字。陈字也不少，似乎也都争先恐后的跳进他眼睛里来，然而接着的却全不是士成这两个字。他于是重新再在十二张榜的圆图[2]里细细地搜寻，看的人全已散尽了，而陈士成在榜上终于没有见，单站在试院的照壁的面前。

　　凉风虽然拂拂的吹动他斑白的短发，初冬的太阳却还是很温和的来晒他。但他似乎被太阳晒得头晕了，脸色越加变成灰白，从劳乏的红肿的两眼里，发出古怪的闪光。这时他其实早已不看到什么墙上的榜文了，只见有许多乌黑的圆圈，在眼前泛泛的游走。

　　隽了秀才，上省去乡试，一径联捷上去，……绅士们既然千方百计的来攀亲，人们又都像看见神明似的敬畏，深悔先前的轻薄，发昏，……赶走了租住在自己破宅门里的杂姓——那是不劳说赶，自己就搬的，——

---

[1] 本篇最初发表于一九二二年七月十日上海《东方杂志》第十九卷第十三号。

[2] 圆图：科举时代县考初试公布的名榜，也叫团榜。一般不计名次。为了便于计算，将每五十名考取者的姓名写成一个圆图。开始一名以较大的字提高写，其次沿时针方向自右至左写。

屋宇全新了,门口是旗竿和扁[1]额,……要清高可以做京官,否则不如谋外放。……他平日安排停当的前程,这时候又像受潮的糖塔一般,刹时倒塌,只剩下一堆碎片了。他不自觉的旋转了觉得焕散了身躯,惘惘的走向归家的路。

他刚到自己的房门口,七个学童便一齐放开喉咙,吱的念起书来。他大吃一惊,耳朵边似乎敲了一声磬,只见七个头拖了小辫子在眼前幌,幌得满房,黑圈子也夹着跳舞。他坐下了,他们送上晚课来,脸上都显出小觑他的神色。

"回去罢。"他迟疑了片时,这才悲惨的说。

他们胡乱的包了书包,挟着,一溜烟跑走了。

陈士成还看见许多小头夹着黑圆圈在眼前跳舞,有时杂乱,有时也摆成异样的阵图,然而渐渐的减少了,模胡了。

"这回又完了!"

他大吃一惊,直跳起来,分明就在耳边的话,回过头去却并没有什么人,仿佛又听得嗡的敲了一声磬,自己的嘴也说道:

"这回又完了!"

他忽而举起一只手来,屈指计数着想,十一,十三回,连今年是十六回,竟没有一个考官懂得文章,有眼无珠,也是可怜的事,便不由嘻嘻的失了笑。然而他愤然了,蓦地从书包布底下抽出誊真的制艺和试帖[2]来,拿着往外走,刚近房门,却看见满眼都明亮,连一群鸡也正在笑他,便禁不住心头突突的狂跳,只好缩回里面了。

---

1 旧同匾。

2 制艺和试帖:科举考试规定的公式化的诗文。

他又就了坐,眼光格外的闪烁;他目睹着许多东西,然而很模胡,——是倒塌了的糖塔一般的前程躺在他面前,这前程又只是广大起来,阻住了他的一切路。

别家的炊烟早消歇了,碗筷也洗过了,而陈士成还不去做饭。寓在这里的杂姓是知道老例的,凡遇到县考的年头,看见发榜后的这样的眼光,不如及早关了门,不要多管事。最先就绝了人声,接着是陆续的熄了灯火,独有月亮,却缓缓的出现在寒夜的空中。

空中青碧到如一片海,略有些浮云,仿佛有谁将粉笔洗在笔洗里似的摇曳。月亮对着陈士成注下寒冷的光波来,当初也不过像是一面新磨的铁镜罢了,而这镜却诡秘的照透了陈士成的全身,就在他身上映出铁的月亮的影。

他还在房外的院子里徘徊,眼里颇清静了,四近也寂静。但这寂静忽又无端的纷扰起来,他耳边又确凿听到急促的低声说:

"左弯右弯……"

他耸然了,倾耳听时,那声音却又提高的复述道:

"右弯!"

他记得了。这院子,是他家还未如此凋零的时候,一到夏天的夜间,夜夜和他祖母在此纳凉的院子。那时他不过十岁有零的孩子,躺在竹榻上,祖母便坐在榻旁边,讲给他有趣的故事听。伊说是曾经听得伊的祖母说,陈氏的祖宗是巨富的,这屋子便是祖基,祖宗埋着无数的银子,有福气的子孙一定会得到的罢,然而至今还没有现。至于处所,那是藏在一个谜语的中间:

左弯右弯，前走后走，量金量银不论斗。

　　对于这谜语，陈士成便在平时，本也常常暗地里加以揣测的，可惜大抵刚以为可以通，却又立刻觉得不合了。有一回，他确有把握，知道这是在租给唐家的房底下的了，然而总没有前去发掘的勇气；过了几时，可又觉得太不相像了。至于他自己房子里的几个掘过的旧痕迹，那却全是先前几回下第以后的发了怔忡的举动，后来自己一看到，也还感到惭愧而且羞人。

　　但今天铁的光罩住了陈士成，又软软的来劝他了，他或者偶一迟疑，便给他正经的证明，又加上阴森的催逼，使他不得不又向自己的房里转过眼光去。

　　白光如一柄白团扇，摇摇摆摆的闪起在他房里了。

　　"也终于在这里！"

　　他说着，狮子似的赶快走进那房里去，但跨进里面的时候，便不见了白光的影踪，只有莽苍苍的一间旧房，和几个破书桌都没在昏暗里。他爽然的站着，慢慢的再定睛，然而白光却分明的又起来了，这回更广大，比硫黄火更白净，比朝雾更霏微，而且便在靠东墙的一张书桌下。

　　陈士成狮子似的奔到门后边，伸手去摸锄头，撞着一条黑影。他不知怎的有些怕了，张惶的点了灯，看锄头无非倚着。他移开桌子，用锄头一气掘起四块大方砖，蹲身一看，照例是黄澄澄的细沙，揎了袖爬开细沙，便露出下面的黑土来。他极小心的，幽静的，一锄一锄往下掘，然而深夜究竟太寂静了，尖铁触土的声音，总是钝重的不肯瞒人的发响。

　　土坑深到二尺多了，并不见有瓮口，陈士成正心焦，一声脆响，颇震得手腕痛，锄尖碰到什么坚硬的东西了；他急忙抛下锄头，摸索着看时,一块大方砖在下面。他的心抖得很利害,聚精会神的挖起那方砖来,下面也满是先前一样的黑土,爬松了许多土,下面似乎还无穷。但忽而又触着坚硬的小东西了,圆的,大约是一个锈铜钱;此外也还有几片破碎的磁片。

陈士成心里仿佛觉得空虚了,浑身流汗,急躁的只爬搔;这其间,心在空中一抖动,又触着一种古怪的小东西了,这似乎约略有些马掌形的,但触手很松脆。他又聚精会神的挖起那东西来,谨慎的撮着,就灯光下仔细看时,那东西斑斑剥剥[1]的像是烂骨头,上面还带着一排零落不全的牙齿。他已经悟到这许是下巴骨了,而那下巴骨也便在他手里索索的动弹起来,而且笑吟吟的显出笑影,终于听得他开口道:

"这回又完了!"

他栗然的发了大冷,同时也放了手,下巴骨轻飘飘的回到坑底里不多久,他也就逃到院子里了。他偷看房里面,灯火如此辉煌,下巴骨如此嘲笑,异乎寻常的怕人,便再不敢向那边看。他躲在远处的檐下的阴影里,觉得较为安全了;但在这平安中,忽而耳朵边又听得窃窃的低声说:

"这里没有……到山里去……"

陈士成似乎记得白天在街上也曾听得有人说这种话,他不待再听完,已经恍然大悟了。他突然仰面向天,月亮已向西高峰这方面隐去,远想离城三十五里的西高峰正在眼前,朝笏[2]一般黑魆魆的挺立着,周围便放出浩大闪烁的白光来。

而且这白光又远远的就在前面了。

---

1 见于宋叶绍翁《四朝闻见录·附录》:点画微微见斑剥,陶坯泥沙相杂揉。

2 朝笏:古代臣子朝见皇帝时所执狭长而稍弯的手板,按品级不同,分别用玉、象牙或竹制成,将要奏的事书记其上,以免遗忘。

"是的,到山里去!"

他决定的想,惨然的奔出去了。几回的开门之后,门里面便再不闻一些声息。灯火结了大灯花照着空屋和坑洞,毕毕剥剥的炸了几声之后,便渐渐的缩小以至于无有,那是残油已经烧尽了。

"开城门来……"

含着大希望的恐怖的悲声,游丝似的在西关门前的黎明中,战战兢兢的叫喊。

第二天的日中,有人在离西门十五里的万流湖里看见一个浮尸,当即传扬开去,终于传到地保的耳朵里了,便叫乡下人捞将上来。那是一个男尸,五十多岁,"身中面白无须",浑身也没有什么衣裤。或者说这就是陈士成。但邻居懒得去看,也并无尸亲认领,于是经县委员相验之后,便由地保埋了。至于死因,那当然是没有问题的,剥取死尸的衣服本来是常有的事,够不上疑心到谋害去;而且件作也证明是生前的落水,因为他确凿曾在水底里挣命,所以十个指甲里都满嵌着河底泥。

一九二二年六月

兔和猫[1]

住在我们后进院子里的三太太,在夏间买了一对白兔,是给伊的孩子们看的。

这一对白兔,似乎离娘并不久,虽然是异类,也可以看出他们的天真烂熳来。但也竖直了小小的通红的长耳朵,动着鼻子,眼睛里颇现些惊疑的神色,大约究竟觉得人地生疏,没有在老家时候的安心了。这种东西,倘到庙会[2]日期自己出去买,每个至多不过两吊钱,而三太太却花了一元,因为是叫小使上店买来的。

孩子们自然大得意了,嚷着围住了看;大人也都围着看;还有一匹小狗名叫S的也跑来,闯过去一嗅,打了一个喷嚏,退了几步。三太太吆喝道,"S,听着,不准你咬他!"于是在他头上打了一拳,S便退开了,从此并不咬。

这一对兔总是关在后窗后面的小院子里的时候多,听说是因为太喜

---

[1] 本篇最初发表于一九二二年十月十日北京《晨报副刊》。

[2] 庙会:又称"庙市",旧时在节日或规定的日子,设在寺庙或其附近的集市。

欢撕壁纸，也常常啃木器脚。这小院子里有一株野桑树，桑子落地，他们最爱吃，便连喂他们的菠菜也不吃了。乌鸦喜鹊想要下来时，他们便躬着身子用后脚在地上使劲的一弹，砉的一声直跳上来，像飞起了一团雪，鸦鹊吓得赶紧走，这样的几回，再也不敢近来了。三太太说，鸦鹊倒不打紧，至多也不过抢吃一点食料，可恶的是一匹大黑猫，常在矮墙上恶狠狠的看，这却要防的，幸而S和猫是对头，或者还不至于有什么罢。

孩子们时时捉他们来玩耍；他们很和气，竖起耳朵，动着鼻子，驯良的站在小手的圈子里，但一有空，却也就溜开去了。他们夜里的卧榻是一个小木箱，里面铺些稻草，就在后窗的房檐下。

这样的几个月之后，他们忽而自己掘土了，掘得非常快，前脚一抓，后脚一踢，不到半天，已经掘成一个深洞。大家都奇怪，后来仔细看时，原来一个的肚子比别一个的大得多了。他们第二天便将干草和树叶衔进洞里去，忙了大半天。

大家都高兴，说又有小兔可看了；三太太便对孩子们下了戒严令，从此不许再去捉。我的母亲也很喜欢他们家族的繁荣，还说待生下来的离了乳，也要去讨两匹来养在自己的窗外面。

他们从此便住在自造的洞府里，有时也出来吃些食，后来不见了，可不知道他们是预先运粮存在里面呢还是竟不吃。过了十多天，三太太对我说，那两匹又出来了，大约小兔是生下来又都死掉了，因为雌的一匹的奶非常多，却并不见有进去哺养孩子的形迹。伊言语之间颇气愤，然而也没有法。

有一天，太阳很温暖，也没有风，树叶都不动，我忽听得许多人在那里笑，寻声看时，却见许多人都靠着三太太的后窗看：原来有一个小兔，在院子里跳跃了。这比他的父母买来的时候还小得远，但也已经能用后脚一弹地,迸跳起来了。孩子们争着告诉我说,还看见一个小兔到洞口来探一探头,但是即刻便缩回去了,那该是他的弟弟罢。

那小的也捡些草叶吃,然而大的似乎不许他,往往夹口的抢去了,而自己并不吃。孩子们笑得响,那小的终于吃惊了,便跳着钻进洞里去;大的也跟到洞门口,用前脚推着他的孩子的脊梁,推进之后,又爬开泥土来封了洞。

从此小院子里更热闹,窗口也时时有人窥探了。

然而竟又全不见了那小的和大的。这时是连日的阴天,三太太又虑到遭了那大黑猫的毒手的事去。我说不然,那是天气冷,当然都躲着,太阳一出,一定出来的。

太阳出来了,他们却都不见。于是大家就忘却了。

惟有三太太是常在那里喂他们菠菜的,所以常想到。伊有一回走进窗后的小院子去,忽然在墙角上发见了一个别的洞,再看旧洞口,却依稀的还见有许多爪痕。这爪痕倘说是大兔的,爪该不会有这样大,伊又疑心到那常在墙上的大黑猫去了,伊于是也就不能不定下发掘的决心了。伊终于出来取了锄子,一路掘下去,虽然疑心,却也希望着意外的见了小白兔的,但是待到底,却只见一堆烂草夹些兔毛,怕还是临蓐时候所铺的罢,此外是冷清清的,全没有什么雪白的小兔的踪迹,以及他那只一探头未出洞外的弟弟了。

气愤和失望和凄凉,使伊不能不再掘那墙角上的新洞了。一动手,那大的两匹便先窜出洞外面。伊以为他们搬了家了,很高兴,然而仍然掘,待见底,那里面也铺着草叶和兔毛,而上面却睡着七个很小的兔,遍身肉红色,细看时,眼睛全都没有开。

一切都明白了,三太太先前的预料果不错。伊为预防危险起见,便将七个小的都装在木箱中,搬进自己的房里,又将大的也捺进箱里面,勒令伊去哺乳。

三太太从此不但深恨黑猫,而且颇不以大兔为然了。据说当初那两个被害之先,死掉的该还有,因为他们生一回,决不至于只两个,但为了哺乳不匀,不能争食的就先死了。这大概也不错的,现在七个之中,就有两个很瘦弱。所以三太太一有闲空,便捉住母兔,将小兔一个一个轮流的摆在肚子上来喝奶,不准有多少。

母亲对我说,那样麻烦的养兔法,伊历来连听也未曾听到过,恐怕是可以收入《无双谱》[1]的。

白兔的家族更繁荣;大家也又都高兴了。

但自此之后,我总觉得凄凉。夜半在灯下坐着想,那两条小性命,竟是人不知鬼不觉的早在不知什么时候丧失了,生物史上不着一些痕迹,并S也不叫一声。我于是记起旧事来,先前我住在会馆里,清早起身,只见大槐树下一片散乱的鸽子毛,这明明是膏于鹰吻的了,上午长班[2]来一打扫,便什么都不见,谁知道曾有一个生命断送在这里呢?我又曾路过西四牌楼,看见一匹小狗被马车轧得快死,待回来时,什么也不见了,搬掉了罢,过往行人憧憧的走着,谁知道曾有一个生命断送在这里呢?夏夜,窗外面,常听到苍蝇的悠长的吱吱的叫声,这一定是给蝇虎咬住了,然而我向来无所容心于其间,而别人并且不听到……

假使造物也可以责备,那么,我以为他实在将生命造得太滥,毁得太滥了。

---

1 《无双谱》:清代金古良编绘,内收从汉到宋四十个行为独特人物的画像,并各附一诗。这里借用来形容独一无二。

2 长班:旧时官员的随身仆人,也用以称一般的"听差"。

噪的一声,又是两条猫在窗外打起架来。

"迅儿!你又在那里打猫了?"

"不,他们自己咬。他哪里会给我打呢。"

我的母亲是素来很不以我的虐待猫为然的,现在大约疑心我要替小兔抱不平,下什么辣手,便起来探问了。而我在全家的口碑上,却的确算一个猫敌。我曾经害过猫,平时也常打猫,尤其是在他们配合的时候。但我之所以打的原因并非因为他们配合,是因为他们嚷,嚷到使我睡不着,我以为配合是不必这样大嚷而特嚷的。

况且黑猫害了小兔,我更是"师出有名"的了。我觉得母亲实在太修善,于是不由的就说出模棱的近乎不以为然的答话来。

造物太胡闹,我不能不反抗他了,虽然也许是倒是帮他的忙……

那黑猫是不能久在矮墙上高视阔步的了,我决定的想,于是又不由的一瞥那藏在书箱里的一瓶青酸钾[1]。

一九二二年十月

---

1 青酸钾:即氰酸钾,一种剧毒的化学品。

鸭的喜剧[1]

俄国的盲诗人爱罗先珂[2]君带了他那六弦琴到北京之后不久,便向我诉苦说:

"寂寞呀,寂寞呀,在沙漠上似的寂寞呀!"

这应该是真实的,但在我却未曾感得;我住得久了,"入芝兰之室,久而不闻其香"[3],只以为很是嚷嚷罢了。然而我之所谓嚷嚷,或者也就是他之所谓寂寞罢。

我可是觉得在北京仿佛没有春和秋。老于北京的人说,地气北转了,这里在先是没有这么和暖。只是我总以为没有春和秋;冬末和夏初衔接起来,夏才去,冬又开始了。

一日就是这冬末夏初的时候,而且是夜间,我偶而得了闲暇,去访

---

1 本篇最初发表于一九二二年十二月上海《妇女杂志》第八卷第十二号。

2 爱罗先珂(1889—1952),俄国诗人和童话作家。童年时因病双目失明,曾先后到过日本、泰国、缅甸、印度。一九二一年在日本因参加"五一"游行被驱逐出境,后辗转来到中国。他用世界语和日语写作,鲁迅曾译过他的作品《桃色的云》《爱罗先珂童话集》等。

3 语见《孔子家语·六本》。

问爱罗先珂君。他一向寓在仲密君[1]的家里;这时一家的人都睡了觉了,天下很安静。他独自靠在自己的卧榻上,很高的眉棱在金黄色的长发之间微蹙了,是在想他旧游之地的缅甸,缅甸的夏夜。

"这样的夜间,"他说,"在缅甸是遍地是音乐。房里,草间,树上,都有昆虫吟叫,各种声音,成为合奏,很神奇。其间时时夹着蛇鸣:'嘶嘶!'可是也与虫声相和协[2]……"他沉思了,似乎想要追想起那时的情景来。

我开不得口。这样奇妙的音乐,我在北京确乎未曾听到过,所以即使如何爱国,也辩护不得,因为他虽然目无所见,耳朵是没有聋的。

"北京却连蛙鸣也没有……"他又叹息说。

"蛙鸣是有的!"这叹息,却使我勇猛起来了,于是抗议说,"到夏天,大雨之后,你便能听到许多虾蟆叫,那是都在沟里面的,因为北京到处都有沟。"

"哦……"

过了几天,我的话居然证实了,因为爱罗先珂君已经买到了十几个科斗子[3]。他买来便放在他窗外的院子中央的小池里。那池的长有三尺,宽有二尺,是仲密所掘,以种荷花的荷池。从这荷池里,虽然从来没有见过养出半朵荷花来,然而养虾蟆却实在是一个极合式的处所。

科斗成群结队的在水里面游泳;爱罗先珂君也常常踱来访他们。有

---

1 仲密:鲁迅二弟周作人(1885—1967)的笔名。
2 见于南朝宋人鲍照《河清颂》:谒荐郊庙,和协律吕。
3 见于唐李延寿撰《南史·孝义传》:杰惊起,果得瓯,瓯中有药,服之,下科斗子数升。

时候，孩子告诉他说，"爱罗先珂先生，他们生了脚了。"他便高兴的微笑道，"哦！"

然而养成池沼的音乐家却只是爱罗先珂君的一件事。他是向来主张自食其力的，常说女人可以畜牧，男人就应该种田。所以遇到很熟的友人，他便要劝诱他就在院子里种白菜；也屡次对仲密夫人劝告，劝伊养蜂，养鸡，养猪，养牛，养骆驼。后来仲密家果然有了许多小鸡，满院飞跑，啄完了铺地锦的嫩叶，大约也许就是这劝告的结果了。

从此卖小鸡的乡下人也时常来，来一回便买几只，因为小鸡是容易积食，发痧，很难得长寿的；而且有一匹还成了爱罗先珂君在北京所作唯一的小说《小鸡的悲剧》[1]里的主人公。有一天的上午，那乡下人竟意外的带了小鸭来了，咻咻的叫着；但是仲密夫人说不要。爱罗先珂君也跑出来，他们就放一个在他两手里，而小鸭便在他两手里咻咻的叫。他以为这也很可爱，于是又不能不买了，一共买了四个，每个八十文。

小鸭也诚然是可爱，遍身松花黄，放在地上，便蹒跚的走，互相招呼，总是在一处。大家都说好，明天去买泥鳅来喂他们罢。爱罗先珂君说，"这钱也可以归我出的。"

他于是教书去了；大家也走散。不一会，仲密夫人拿冷饭来喂他们时，在远处已听得泼水的声音，跑到一看，原来那四个小鸭都在荷池里洗澡了，而且还翻筋斗，吃东西呢。等到拦他们上了岸，全池已经是浑水，过了半天，澄清了，只见泥里露出几条细藕来；而且再也寻不出一个已经生了脚的科斗了。

---

[1] 爱罗先珂所作的一篇童话。鲁迅于一九二二年七月译出，发表于同年九月上海《妇女杂志》第八卷第九号，后收入《爱罗先珂童话集》。

"伊和希珂先,没有了,虾蟆的儿子。"傍晚时候,孩子们一见他回来,最小的一个便赶紧说。

"唔,虾蟆?"

仲密夫人也出来了,报告了小鸭吃完科斗的故事。

"唉,唉!……"他说。

待到小鸭褪了黄毛,爱罗先珂君却忽而渴念着他的"俄罗斯母亲"[1]了,便匆匆的向赤塔去。

待到四处蛙鸣的时候,小鸭也已经长成,两个白的,两个花的,而且不复咻咻的叫,都是"鸭鸭"的叫了。荷花池也早已容不下他们盘桓了,幸而仲密的住家的地势是很低的,夏雨一降,院子里满积了水,他们便欣欣然,游水,钻水,拍翅子,"鸭鸭"的叫。

现在又从夏末交了冬初,而爱罗先珂君还是绝无消息,不知道究竟在哪里了。

只有四个鸭,却还在沙漠上"鸭鸭"的叫。

一九二二年十月

---

1 俄罗斯人民对祖国的爱称。

社 戏[1]

我在倒数上去的二十年中,只看过两回中国戏,前十年是绝不看,因为没有看戏的意思和机会,那两回全在后十年,然而都没有看出什么来就走了。

第一回是民国元年我初到北京的时候,当时一个朋友对我说,北京戏最好,你不去见见世面么?我想,看戏是有味的,而况在北京呢。于是都兴致勃勃的跑到什么园,戏文已经开场了,在外面也早听到冬冬地响。我们挨进门,几个红的绿的在我的眼前一闪烁,便又看见戏台下满是许多头,再定神四面看,却见中间也还有几个空座,挤过去要坐时,又有人对我发议论,我因为耳朵已经喤喤的响着了,用了心,才听到他是说"有人,不行!"

我们退到后面,一个辫子很光的却来领我们到了侧面,指出一个地位来。这所谓地位者,原来是一条长凳,然而他那坐板比我的上腿要狭到四分之三,他的脚比我的下腿要长过三分之二。我先是没有爬上去的

---

[1] 本篇最初发表于一九二二年十二月上海《小说月报》第十三卷第十二号。

勇气，接着便联想到私刑拷打的刑具，不由的毛骨悚然的走出了。

走了许多路，忽听得我的朋友的声音道，"究竟怎的？"我回过脸去，原来他也被我带出来了。他很诧异的说，"怎么总是走，不答应？"我说，"朋友，对不起，我耳朵只在冬冬喤喤的响，并没有听到你的话。"

后来我每一想到，便很以为奇怪，似乎这戏太不好，——否则便是我近来在戏台下不适于生存了。

第二回忘记了哪一年，总之是募集湖北水灾捐而谭叫天[1]还没有死。捐法是两元钱买一张戏票，可以到第一舞台去看戏，扮演的多是名角，其一就是小叫天。我买了一张票，本是对于劝募人聊以塞责的，然而似乎又有好事家乘机对我说了些叫天不可不看的大法要了。我于是忘了前几年的冬冬喤喤之灾，竟到第一舞台去了，但大约一半也因为重价购来的宝票，总得使用了才舒服。我打听得叫天出台是迟的，而第一舞台却是新式构造，用不着争座位，便放了心，延宕到九点钟才去，谁料照例，人都满了，连立足也难，我只得挤在远处的人丛中看一个老旦在台上唱。那老旦嘴边插着两个点火的纸捻子，旁边有一个鬼卒，我费尽思量，才疑心他或者是目连[2]的母亲，因为后来又出来了一个和尚。然而我又不知道那名角是谁，就去问挤小在我的左边的一位胖绅士。他很看不起似的斜瞥了我一眼，说道，"龚云甫[3]！"我深愧浅陋而且粗疏，脸上一热，同时脑里也制出了决不再问的定章，于是看小旦唱，看花旦唱，看老生唱，看不知什么角色唱，看一大班人乱打，看两三个人互打，从九点多到十

---

1 谭叫天即谭鑫培（1847—1917），又称小叫天，当时的京剧演员，擅长老生戏。

2 目连：释迦牟尼的弟子。据《盂兰盆经》说，目连的母亲因生前违犯佛教戒律，堕入地狱，他曾入地狱救母。《目连救母》一剧，旧时在民间很流行。

3 龚云甫（1862—1932），当时的京剧演员，擅长老旦戏。

点,从十点到十一点,从十一点到十一点半,从十一点半到十二点,——然而叫天竟还没有来。

我向来没有这样忍耐的等待过什么事物,而况这身边的胖绅士的呼呼的喘气,这台上的冬冬喤喤的敲打,红红绿绿的晃荡,加之以十二点,忽而使我省悟到在这里不适于生存了。我同时便机械的拧转身子,用力往外只一挤,觉得背后便已满满的,大约那弹性的胖绅士早在我的空处胖开了他的右半身了。我后无回路,自然挤而又挤,终于出了大门。街上除了专等看客的车辆之外,几乎没有什么行人了,大门口却还有十几个人昂着头看戏目,别有一堆人站着并不看什么,我想:他们大概是看散戏之后出来的女人们的,而叫天却还没有来……

然而夜气很清爽,真所谓"沁人心脾",我在北京遇着这样的好空气,仿佛这是第一遭了。

这一夜,就是我对于中国戏告了别的一夜,此后再没有想到他,即使偶尔经过戏园,我们也漠不相关,精神上早已一在天之南一在地之北了。

但是前几天,我忽在无意之中看到一本日本文的书,可惜忘记了书名和著者,总之是关于中国戏的。其中有一篇,大意仿佛说,中国戏是大敲,大叫,大跳,使看客头昏脑眩,很不适于剧场,但若在野外散漫的所在,远远的看起来,也自有他的风致。我当时觉着这正是说了在我意中而未曾想到的话,因为我确记得在野外看过很好的好戏,到北京以后的连进两回戏园去,也许还是受了那时的影响哩。可惜我不知道怎么一来,竟将书名忘却了。

至于我看那好戏的时候,却实在已经是"远哉遥遥"的了,其时恐怕我还不过十一二岁。我们鲁镇的习惯,本来是凡有出嫁的女儿,倘自己还未当家,夏间便大抵回到母家去消夏。那时我的祖母虽然还康健,但母亲也已分担了些家务，所以夏期便不能多日的归省了，只得在扫墓完毕之后，抽空去住几天，这时我便每年跟了我的母亲住在外祖母的家里。那地方叫平桥村，是一个离海边不远，极偏僻的，临河的小村庄；住户不满三十家，都种田，打鱼，只有一家很小的杂货店。但在我是乐土：因为我在这里不但得到优待，又可以免念"秩秩斯干幽幽南山"[1]了。

和我一同玩的是许多小朋友，因为有了远客，他们也都从父母那里得了减少工作的许可，伴我来游戏。在小村里，一家的客，几乎也就是公共的。我们年纪都相仿，但论起行辈来，却至少是叔子，有几个还是太公，因为他们合村都同姓，是本家。然而我们是朋友，即使偶尔吵闹起来，打了太公，一村的老老少少，也决没有一个会想出"犯上"这两个字来，而他们也百分之九十九不识字。

我们每天的事情大概是掘蚯蚓，掘来穿在铜丝做的小钩上，伏在河沿上去钓虾。虾是水世界里的呆子，决不惮用了自己的两个钳捧着钩尖送到嘴里去的，所以不半天便可以钓到一大碗。这虾照例是归我吃的。其次便是一同去放牛，但或者因为高等动物了的缘故罢，黄牛水牛都欺生，敢于欺侮我，因此我也总不敢走近身，只好远远地跟着，站着。这时候，小朋友们便不再原谅我会读"秩秩斯干"，却全都嘲笑起来了。

至于我在那里所第一盼望的，却在到赵庄去看戏。赵庄是离平桥村五里的较大的村庄；平桥村太小，自己演不起戏，每年总付给赵庄多少钱，算作合做的。当时我并不想到他们为什么年年要演戏。现在想，那或者是春赛，是社戏[2]了。

---

1 语见《诗经·小雅·斯干》。据汉代郑玄注："秩秩，流行也；干，涧也；幽幽，深远也。"
2 社戏："社"原指土地神或土地庙。在绍兴，社是一种区域名称，社戏就是社中每年所演的"年规戏"。

就在我十一二岁时候的这一年，这日期也看看等到了。不料这一年真可惜，在早上就叫不到船。平桥村只有一只早出晚归的航船是大船，决没有留用的道理。其余的都是小船，不合用；央人到邻村去问，也没有，早都给别人定下了。外祖母很气恼，怪家里的人不早定，絮叨起来。母亲便宽慰伊，说我们鲁镇的戏比小村里的好得多，一年看几回，今天就算了。只有我急得要哭，母亲却竭力的嘱咐我，说万不能装模装样，怕又招外祖母生气，又不准和别人一同去，说是怕外祖母要担心。

总之，是完了。到下午，我的朋友都去了，戏已经开场了，我似乎听到锣鼓的声音，而且知道他们在戏台下买豆浆喝。

这一天我不钓虾，东西也少吃。母亲很为难，没有法子想。到晚饭时候，外祖母也终于觉察了，并且说我应当不高兴，他们太怠慢，是待客的礼数里从来没有的。吃饭之后，看过戏的少年们也都聚拢来了，高高兴兴的来讲戏。只有我不开口；他们都叹息而且表同情。忽然间，一个最聪明的双喜大悟似的提议了，他说，"大船？八叔的航船不是回来了么？"十几个别的少年也大悟，立刻撺掇起来，说可以坐了这航船和我一同去。我高兴了。然而外祖母又怕都是孩子，不可靠；母亲又说是若叫大人一同去，他们白天全有工作，要他熬夜，是不合情理的。在这迟疑之中，双喜可又看出底细来了，便又大声的说道，"我写包票！船又大；迅哥儿向来不乱跑；我们又都是识水性的！"

诚然！这十多个少年，委实没有一个不会凫水的，而且两三个还是弄潮的好手。

外祖母和母亲也相信，便不再驳回，都微笑了。我们立刻一哄的出了门。

我的很重的心忽而轻松了，身体也似乎舒展到说不出的大。一出门，便望见月下的平桥内泊着一只白篷的航船,大家跳下船,双喜拔前篙,阿发拔后篙,年幼的都陪我坐在舱中,较大的聚在船尾。母亲送出来吩咐"要小心"的时候,我们已经点开船,在桥石上一磕,退后几尺,即又上前出了桥。于是架起两支橹,一支两人,一里一换,有说笑的,有嚷的,夹着潺潺的船头激水的声音,在左右都是碧绿的豆麦田地的河流中,飞一般径向赵庄前进了。

两岸的豆麦和河底的水草所发散出来的清香,夹杂在水气中扑面的吹来;月色便朦胧在这水气[1]里。淡黑的起伏的连山,仿佛是踊跃的铁的兽脊似的,都远远的向船尾跑去了,但我却还以为船慢。他们换了四回手,渐望见依稀的赵庄,而且似乎听到歌吹了,还有几点火,料想便是戏台,但或者也许是渔火。

那声音大概是横笛,宛转,悠扬,使我的心也沉静,然而又自失起来,觉得要和他弥散在含着豆麦蕴藻之香的夜气里。

那火接近了,果然是渔火;我才记得先前望见的也不是赵庄。那是正对船头的一丛松柏林,我去年也曾经去游玩过,还看见破的石马倒在地下,一个石羊蹲在草里呢。过了那林,船便弯进了叉港,于是赵庄便真在眼前了。

最惹眼的是屹立在庄外临河的空地上的一座戏台,模胡在远处的月夜中,和空间几乎分不出界限,我疑心画上见过的仙境,就在这里出现了。这时船走得更快,不多时,在台上显出人物来,红红绿绿的动,近台的河里一望乌黑的是看戏的人家的船篷。

"近台没有什么空了,我们远远的看罢。"阿发说。

---

1 见于北周庾信《同颜大夫初晴》:夕阳含水气,反景照河堤。

这时船慢了，不久就到，果然近不得台旁，大家只能下了篙，比那正对戏台的神棚还要远。其实我们这白篷的航船，本也不愿意和乌篷的船在一处，而况没有空地呢……

在停船的匆忙中，看见台上有一个黑的长胡子的背上插着四张旗，捏着长枪，和一群赤膊的人正打仗。双喜说，那就是有名的铁头老生，能连翻八十四个筋斗，他日里亲自数过的。

我们便都挤在船头上看打仗，但那铁头老生却又并不翻筋斗，只有几个赤膊的人翻，翻了一阵，都进去了，接着走出一个小旦来，咿咿呀呀的唱。双喜说，"晚上看客少，铁头老生也懈了，谁肯显本领给白地看呢？"我相信这话对，因为其时台下已经不很有人，乡下人为了明天的工作，熬不得夜，早都睡觉去了，疏疏朗朗的站着的不过是几十个本村和邻村的闲汉。乌篷船里的那些土财主的家眷固然在，然而他们也不在乎看戏，多半是专到戏台下来吃糕饼水果和瓜子的。所以简直可以算白地。

然而我的意思却也并不在乎看翻筋斗。我最愿意看的是一个人蒙了白布，两手在头上捧着一支棒似的蛇头的蛇精，其次是套了黄布衣跳老虎。但是等了许多时都不见，小旦虽然进去了，立刻又出来了一个很老的小生。我有些疲倦了，托桂生买豆浆去。他去了一刻，回来说，"没有。卖豆浆的聋子也回去了。日里倒有，我还喝了两碗呢。现在去舀一瓢水来给你喝罢。"

我不喝水，支撑着仍然看，也说不出见了些什么，只觉得戏子的脸都渐渐的有些稀奇了，那五官渐不明显，似乎融成一片的再没有什么高低。年纪小的几个多打呵欠了，大的也各管自己谈话。忽而一个红衫的小丑被绑在台柱子上，给一个花白胡子的用马鞭打起来了，大家才又振作精神的笑着看。在这一夜里,我以为这实在要算是最好的一折。

然而老旦终于出台了。老旦本来是我所最怕的东西,尤其是怕他坐下了唱。这时候,看见大家也都很扫兴,才知道他们的意见是和我一致的。那老旦当初还只是踱来踱去的唱,后来竟在中间的一把交椅上坐下了。我很担心;双喜他们却就破口喃喃的骂。我忍耐的等着,许多工夫,只见那老旦将手一抬,我以为就要站起来了,不料他却又慢慢的放下在原地方,仍旧唱。全船里几个人不住的吁气,其余的也打起哈欠来。双喜终于熬不住了,说道,怕他会唱到天明还不完,还是我们走的好罢。大家立刻都赞成,和开船时候一样踊跃,三四人径奔船尾,拔了篙,点退几丈,回转船头,驾起橹,骂着老旦,又向那松柏林前进了。

月还没有落,仿佛看戏也并不很久似的,而一离赵庄,月光又显得格外的皎洁。回望戏台在灯火光中,却又如初来未到时候一般,又漂渺[1]得像一座仙山楼阁,满被红霞罩着了。吹到耳边来的又是横笛,很悠扬;我疑心老旦已经进去了,但也不好意思说再回去看。

不多久,松柏林早在船后了,船行也并不慢,但周围的黑暗只是浓,可知已经到了深夜。他们一面议论着戏子,或骂,或笑,一面加紧的摇船。这一次船头的激水声更其响亮了,那航船,就像一条大白鱼背着一群孩子在浪花里蹿,连夜渔的几个老渔父,也停了艇子看着喝采起来。

离平桥村还有一里模样,船行却慢了,摇船的都说很疲乏,因为太用力,而且许久没有东西吃。这回想出来的是桂生,说是罗汉豆[2]正旺相,柴火又现成,我们可以偷一点来煮吃。大家都赞成,立刻近岸停了船;

---

[1] 现写为"缥缈"或"飘渺"。

[2] 罗汉豆即蚕豆。清代范寅《越谚》"谷"部:"罗汉豆,比豆圆大,只能用菜,吴呼蚕豆。"

岸上的田里，乌油油的都是结实的罗汉豆。

"阿阿，阿发，这边是你家的，这边是老六一家的，我们偷哪一边的呢？"双喜先跳下去了，在岸上说。

我们也都跳上岸。阿发一面跳，一面说道，"且慢，让我来看一看罢，"他于是往来的摸了一回，直起身来说道，"偷我们的罢，我们的大得多呢。"一声答应，大家便散开在阿发家的豆田里，各摘了一大捧，抛入船舱中。双喜以为再多偷，倘给阿发的娘知道是要哭骂的，于是各人便到六一公公的田里又各偷了一大捧。

我们中间几个年长的仍然慢慢的摇着船，几个到后舱去生火，年幼的和我都剥豆。不久豆熟了，便任凭航船浮在水面上，都围起来用手撮着吃。吃完豆，又开船，一面洗器具，豆荚豆壳全抛在河水里，什么痕迹也没有了。双喜所虑的是用了八公公船上的盐和柴，这老头子很细心，一定要知道，会骂的。然而大家议论之后，归结是不怕。他如果骂，我们便要他归还去年在岸边拾去的一枝枯柏树，而且当面叫他"八癞子"。

"都回来了！哪里会错。我原说过写包票的！"双喜在船头上忽而大声的说。

我向船头一望，前面已经是平桥。桥脚上站着一个人，却是我的母亲，双喜便是对伊说着话。我走出前舱去，船也就进了平桥了，停了船，我们纷纷都上岸。母亲颇有些生气，说是过了三更了，怎么回来得这样迟，但也就高兴了，笑着邀大家去吃炒米。

大家都说已经吃了点心，又渴睡，不如及早睡的好，各自回去了。

第二天，我向午[1]才起来，并没有听到什么关系八公公盐柴事件的

1　见于清吴趼人《二十年目睹之怪现状》。

纠葛,下午仍然去钓虾。

"双喜,你们这班小鬼,昨天偷了我的豆了罢?又不肯好好的摘,踏坏了不少。"我抬头看时,是六一公公棹着小船,卖了豆回来了,船肚里还有剩下的一堆豆。

"是的。我们请客。我们当初还不要你的呢。你看,你把我的虾吓跑了!"双喜说。

六一公公看见我,便停了楫,笑道,"请客?——这是应该的。"于是对我说,"迅哥儿,昨天的戏可好么?"

我点一点头,说道,"好。"

"豆可中吃呢?"

我又点一点头,说道,"很好。"

不料六一公公竟非常感激起来,将大拇指一翘,得意的说道,"这真是大市镇里出来的读过书的人才识货!我的豆种是粒粒挑选过的,乡下人不识好歹,还说我的豆比不上别人的呢。我今天也要送些给我们的姑奶奶尝尝去……"他于是打着楫子过去了。

待到母亲叫我回去吃晚饭的时候,桌上便有一大碗煮熟了的罗汉豆,就是六一公公送给母亲和我吃的。听说他还对母亲极口夸奖我,说"小小年纪便有见识,将来一定要中状元。姑奶奶,你的福气是可以写包票的了。"但我吃了豆,却并没有昨夜的豆那么好。

真的,一直到现在,我实在再没有吃到那夜似的好豆,——也不再看到那夜似的好戏了。

一九二二年十月

（京）新登字083号

图书在版编目（CIP）数据

呐喊 / 鲁迅著. — 北京：中国青年出版社，2021.1
（新时代青少年成长文库）
ISBN 978-7-5153-6256-4

Ⅰ.①呐… Ⅱ.①鲁… Ⅲ.①鲁迅小说－小说集
Ⅳ.①I210.6

中国版本图书馆CIP数据核字（2020）第257879号

策　　划：皮　钧　李师东
统　　筹：马惠敏　彭宇珂
责任编辑：侯群雄　岳　虹
书籍设计：瞿中华

出版发行：中国青年出版社
社址：北京东四12条21号
邮政编码：100708
网址：www.cyp.com.cn
门市部：010-57350370
编辑部：010-57350402
印刷：北京科信印刷有限公司
经销：新华书店
开本：880×1230　1/32
印张：4.625
插页：2
字数：110千字
版次：2021年1月北京第1版
印次：2021年1月北京第1次印刷
定价：26.00元

本图书如有印装质量问题，请凭购书发票与质检部联系调换
联系电话：（010）57350337